La fiera

Alberto Nota

© 2023 Culturea Editions

Texte et illustration de couverture : © domaine public
Edition : Culturea (Hérault, 34)
Contact : infos@culturea.fr
Retrouvez notre catalogue sur http://culturea.fr
Imprimé en Allemagne par Books on Demand
Design typographique : Derek Murphy
Layout : Reedsy (https://reedsy.com/)

Dépôt légal : janvier 2023
Tous droits réservés pour tous pays

ISBN : 9791041843329

La fiera

Alberto Nota

Personaggi

Conte Aurelio di Valdimora

Contessa Emilia, moglie del conte

Cavalier Floridoro

Dottor Lorenzo, medico della terra, amico di casa del conte

Signor Zuccolino, notaro, marito di

Madama Doralisa

Rosina, loro figlia, ragazza di dieci anni circa

Berto, cameriere del conte

Lena, servente del medico

Astellia, indovina

Una mercantessa

Un merciaio francese

Un morettino, servo d'Astellia

Un fattorino della mercantessa

Garzoni del caffè: uno parla

Famigli: uno parla

Venditori di fiera

Popolo

Scena: una terra popolosa, chiamata Valdimora, di antica signoria del conte.

ATTO PRIMO

Camerone antico nel castello del conte Aurelio, con uscio in mezzo di prospetto. A destra sono gli appartamenti del conte, a sinistra le camere abitate dal dottor Lorenzo. Specchi e suppellettili tutto antico. Vari tavolini, uno con lo scacchiere, un altro con tazze ecc.

Scena prima

Il conte Aurelio dal suo appartamento, quindi e subito Berto dall'entrata di prospetto.

AURELIO (uscendo) Berto, Berto?

BERTO Illustrissimo?

AURELIO È ancora allestito questo diavolo di carrozzino?

BERTO Tutto è all'ordine.

AURELIO Andiamo adunque (s'incammina).

BERTO Perdoni: ella non vorrà passare per la via maestra, ché troppa è quivi la folla che va e vien dalla fiera?

AURELIO Il mio legno è tuttavia nella rimessa?

BERTO Signorsí.

AURELIO Passeremo dietro gli orti... attendi un momento: la Lena dov'è?

Scena seconda

Lena, da un altro uscio a destra. e detti.

LENA Mi comandi, signor conte?

AURELIO Lena mia, bada a quel che ti ho detto: che al mio ritorno la colezione sia pronta: caffè, cioccolato, frutti, rosolio. Verranno frattanto le altre provvigioni pel desinare.

LENA Egli è già un buon pezzo che si lavora in cucina.

AURELIO Mi raccomando a te, perché il tutto vada bene e i miei convitati siano serviti a dovere.

LENA Farò quel poco ch'io so... per servir lei, già s'intende, e poi compatirà: ché, sebbene serva del signor medico, sono nata contadina, e per un desinare di signori...

AURELIO Fai la cucina a meraviglia; ed io sono contentissimo di te.

LENA Mi fo aiutare dalla Ghitta che apparecchia assai bene: era la cuoca d'un procuratore...

AURELIO Ingegnati come e' ti parrà il meglio.

LENA Ma, di grazia, quante persone saranno?

AURELIO Non te l'ho detto? madama Doralisa...

LENA S'intende.

AURELIO Suo marito, la ragazza, il dottor Lorenzo, il delegato e sua moglie se ci verranno.

LENA Per sette persone?

AURELIO Possono arrivar d'improvviso altri amici... giorni di fiera...

LENA Basta cosí, ho capito.

AURELIO Tuo padrone dov'è?

LENA Credo nelle sue camere.

AURELIO Studia sempre le sue ricette. Oh signor Lorenzo? signor dottorone? (battendo forte l'uscio con la canna).

Scena terza

Dottor Lorenzo e detti.

LORENZO Questa mattina, signor conte, non volete quietare un momento: è la terza volta che m'interrompete.

AURELIO (tirandolo a sé, e sommessamente) Caro amico, io sono al colmo della consolazione: ho ricevuto finalmente un vigliettino... (Berlo e Lena stanno indietro ripulendo tazze, disponendo tavolini ecc.).

LORENZO Benissimo: della vostra bella?

AURELIO Sí: madama Doralisa, la mia fiamma, l'idoletto mio di campagna verrà con suo marito da Montenero per veder la fiera: e passeremo allegramente tutta la giornata.

LORENZO Questo già me lo immaginava. Infatti il vostro castello, che era sin qui il nido dei gufi e il tranquillo passeggio de' topi, in pochi giorni l'avete rassettato e ordinato in guisa che e' non par piú desso.

AURELIO Eh, che ne dite? son uomo io quando mi ci metto? Or sentite, signor Lorenzo: vo nel mio carrozzino ad incontrare madama sino all'erta.

LORENZO Buon viaggio e felice ritorno.

AURELIO Dottor mio, vi prego in amicizia, date d'occhio alla casa, ordinate, disponete...

LORENZO Ho vari ammalati in campagna...

AURELIO Baie: guariranno, O morranno senza di voi.

LORENZO Che vuol dire il non aver nulla che fare!

AURELIO Aspetto pure il delegato.

LORENZO Me l'avete detto.

AURELIO Dunque siamo intesi?

LORENZO Ma vi dico...

AURELIO Mi date parola?

LORENZO Se potrò...

AURELIO Voglio parola che non vi moverete di casa...

LORENZO Via, vi compiacerò.

AURELIO Evviva il mio dottore. Berto, corri, precedimi.

BERTO Vuol ch'io guidi?

AURELIO Pazzo, ti pare? voglio guidare io stesso (Berlo parte).

LORENZO Badate che siete miope, che su pei burroni non rompiate il collo a voi e all'idoletto di campagna.

AURELIO Ecco il rimedio (tira gli occhiali di tasca e se gli adatta).

LORENZO Sí, per rovinare la vista a chi l'ha buona, per accecar chi l'ha debole.

AURELIO Voglio che andiam come il vento, e torniam come il fulmine. Che piacere questa bellissima libertà di ricrearsi senza le soggezioni di città; (quindi piano a Lorenzo) (senza le noie della moglie!) Pranzi, brigate, fiera, festino e qualche avventura romantica... oh mi par proprio d'esser tornato alla felicità dell'uom celibe (parte).

Scena quarta

Dottor Lorenzo e Lena.

LORENZO Ha il miglior cuore del mondo; ma è leggiero, e non pensa che a darsi buon tempo.

LENA Intanto la signora contessa se ne sta sola in città.

LORENZO Ed è una dama virtuosa ed amabile.

LENA E di piú sono sposi di fresco!

LORENZO Lasciamo andare.

LENA E il signor conte si è appiccicato con quella madama di Montenero, vana, presuntuosa, moglie di uno spiantato ghiottone.

LORENZO Basta cosí: bada a servire.

LENA Gli è appunto cotesto che mi dà noia, di dover servire colei: perché sappiam chi era madama Doralisa, prima che sposasse il signor Zuccolino o, a dir meglio, Zuccolone.

LORENZO Finisci.

LENA Signorsí: figliuola di un legnaiuolo.

LORENZO E tu, di grazia, come sei nata?

LENA Che? vorreste mettermi con lei? mio padre era un tessitore di gran rinomanza. E anche oggidí, quando si vede un tessuto bene ordito e serrato, si sa, tutto il mondo dice: ecco tela da maestro Checco.

LORENZO Si fa tardi.

LENA E quando il padre della signora madama veniva ad accomodare i nostri telari, la figlia portava i ferramenti nel cestino...

LORENZO Che lingua!

LENA Ed ora co' cappellini, con le vesti di moda, con le catenelle, co' cintolini... Affè, s'io fossi la signora contessa, e mio marito frequentasse tal donna, gli vorrei far vedere la luna di pien meriggio.

LORENZO Me ne vado io.

LENA E poi tra la colezione, il pranzo, la cena, scommetto che non potrò andar sulla fiera.

LORENZO Vi andrai dopo desinare.

LENA Vi è un'indovina e voglio farmi astrologare.

LORENZO Scioccherie da scemi.

LENA Scioccherie? ieri sera nell'aia di Rialto, costei indovinò alla Bettina moglie del fattore quante galline aveva nel pollaio, alla Ghitta, col giuoco delle carte, scoprí le infedeltà dell'amante...

LORENZO Non ne posso piú.

LENA E quando fece quel brutto temporale, e tutti fuggivano, ella sola se ne stette sull'aia e con la bacchetta scongiurò la tempesta; e di fatto in quel della Bettina non ci cadde gragnuola.

LORENZO Oh potesse l'indovina scongiurar la tua lingua!

Scena quinta

I suddetti. Un contadino che reca un cestone di provvigioni da tavola, pacchi di cera ecc.

CONTADINO Signor Lorenzo, dove ripognam questa roba?

LENA Evviva, provviste per la madama: perfin la cera pel ballo (osservando).

LORENZO Andate nella dispensa. Lena, accompagnalo, e pensa a farti onore.

LENA Se non fosse pel signor conte, vorrei preparare tal desinare che madama Zuccolina non ci avesse a tornare la seconda volta (parte seguita dal contadino per le scene a destra).

Scena sesta

Dottor Lorenzo solo.

LORENZO La Lena per verità non dice male... e chi mai avrebbe potuto credere che in pochi mesi fosse venuto meno nel conte quel caldo affetto che portava alla moglie? ... cose, cose che mi dispiacciono, e che sebbene sian l'effetto di pura leggerezza e non tocchino il cuore, possono tuttavia produrre conseguenze nocive alla domestica pace... Vorrei potervi rimediare... Ma chi viene? una contadina. Vorrà un consulto: adesso anche le contadine patiscono vapori, mali di nervi... vediamo.

Scena settima

La contessa Emilia in abito da contadina, con pezzuola in testa e canestrino al braccio.

Il suddetto.

EMILIA (dopo aver guardato all'intorno se non ci ha nessuno) Dottor Lorenzo? (con voce affannata, ma sommessamente).

LORENZO Cercate il medico? eccomi da voi.

EMILIA No, cerco l'amico.

LORENZO Oh che veggo mai? signora contessa...!

EMILIA Tacete: siamo soli?

LORENZO Per ora sí. Il signor conte è uscito.

EMILIA L'ho veduto... deh lasciate ch'io riposi un momento: non ne posso piú dall'affanno e dalla stanchezza (si getta a sedere).

LORENZO (da sé) (È arrivata in buon punto!) Ma come mai a quest'ora, in quest'abito, a qual fine? deh, signora, parli liberamente: forse in traccia del signor conte...?

EMILIA Sono sette giorni che quell'ingrato è partito di città, dicendomi che interessi di famiglia lo chiamavano in Novara. Io gli prestai fede... ed ho saputo ieri l'altro sera in teatro, che egli invece se ne venne in Valcimora a divertirsi e poi a godersi la fiera.

LORENZO Non è poi gran male...

EMILIA Come? sette giorni d'assenza, dopo appena quindici mesi di matrimonio? ah voglio che gli sconti cari.

LORENZO Finalmente è venuto in casa sua: credo anzi che qualche affare...

EMILIA E perché tacere alla moglie il dove si va, perché non iscrivermi?

dunque ci sta sotto un mistero.

LORENZO Convien dire che Vostra Signoria fosse in grande ansietà?

EMILIA Passai la giornata di ieri e la notte precedente con mille pensieri, l'un peggio dell'altro: feci mille risoluzioni; volevo parlarne a mio padre, poi temendo di farmi ridicola, mi rimasi. Immaginatevi; mi venne persin nell'idea che un qualche amoraccio di villa lo trattenesse.

LORENZO In queste terre, a dir vero, non vi sono donne di cui ella possa ragionevolmente temere.

EMILIA Oh sí, i mariti che hanno il destro di variare si accomodano bene alla ragione! Insomma, dopo essere andata, secondo il solito, al corso, quindi alla commedia, a mezzanotte, senza dir nulla a persona, deliberai tutto ad un tratto di volermi togliere la crudelissima pena dell'incertezza; e sola, con la mia cameriera, montai in carrozza, e partii.

LORENZO A meraviglia.

EMILIA Siamo smontate alla fattoria di Rialto. E fattomi prestar quest'abito dalla moglie del fattore, lasciata quivi la donna e la carrozza, ed imposto silenzio a tutti sotto pena della mia disgrazia, preso meco un famiglio, me ne venni da voi.

LORENZO A piedi?

EMILIA A piedi.

LORENZO Vostra Signoria avrà, m'immagino, interrogato il fattore...?

EMILIA Non seppe o non volle dirmi nulla: ma, cammin facendo, scoprii dal famiglio che mio marito ha fatto mettere in sesto un appartamento del castello; e tratto ogni vecchio arnese dalla guardaroba, ne ha addobbate le camere facendo egli stesso da tappezziere ed apparatore.

LORENZO Sí, è vero... per passare il tempo.

EMILIA Ho saputo che questa mattina si tien convito in castello.

LORENZO Giorni di fiera... arrivano persone improvvisamente...

EMILIA Finalmente che ci sarà festa da ballo questa sera nella gran sala terrena, e che i suonatori sono tutti accaparrati.

LORENZO Eh mi pare sia stata informata a dovere.

EMILIA E se vi ha qualche cosa di piú, voglio saperlo da voi.

LORENZO Dico cosí io: un marito giovane e brioso... qualche passatempo in villa... si sa... m'intendo onestamente... (Non so quel che diavolo mi dica) (da sé).

EMILIA Voi vi confondete: vegnamo al punto. Dov'è andato poco fa mio marito nel suo carrozzino?

LORENZO Che so io? sarà andato a spasso.

EMILIA Tarderà molto a tornare?

LORENZO Io non saprei. Certo, se egli immaginar potesse questa inaspettata ventura, sarebbe sollecito. (Oh potessi farlo avvertire!) (da sé).

EMILIA S'egli mi ama com'io l'amo, se innocente è la sua venuta, quanto gli sarà cara la visita improvvisa della sua Emilia! Che ne dite, dottor Lorenzo?

LORENZO Senza alcun dubbio... oh mi permetta ch'io mandi un uomo a farne ricerca (per partire).

EMILIA Non voglio assolutamente (rattenendolo).

LORENZO E che pensa Vostra Signoria di fare?

EMILIA Mi nasconderò per pochi momenti; lo sorprenderò al suo arrivo, lo sgriderò un tantino; e poi... e poi s'intende, gli perdonerò di tutt'anima; faremo la pace, passeremo insieme la giornata, andrem sulla fiera; voi verrete con noi... sí, sí... ah mi balza il cuore tra l'affanno e il piacere.

LORENZO (Oh stiamo freschi, se arriva con colei!) (da sé).

EMILIA Ma che? voi non approvate...?

LORENZO (da sé) (Ah potessi allontanarla!) Mi pare piú a proposito, che Vostra Signoria vada a fare un giro... così sulla fiera.

EMILIA Eh giusto, voglio aspettar mio marito.

Scena ottava

Lena con un paniere di pere, e detto

LENA (uscendo) Signor padrone, signor padrone... Buon giorno, contadinella.

LORENZO Vattene, ho da discorrere con questa giovane.

LENA Voglio che veggiate il bel regalo di pere bergamotte...

LORENZO Vanne.

LENA Mandato da madama Doralisa al signor conte...

LORENZO Basta, falle riporre.

EMILIA (Che vorrà dire costei?) (da sé).

LENA Ne metterò qui due per la colezione (pone alcune pere sovra una guantiera o sottocoppa).

EMILIA Chi è cotesta madama Doralisa? (a Lorenzo).

LORENZO È una signora di Montenero.

LENA Cioè una che non è, ma vorrebbe esser signora.

LORENZO (interrompendo) È la moglie di un nostro…

EMILIA E viene qui in casa?

LORENZO Dirò…

LENA Ah, non sapete che è l'innamorata del signor conte?

EMILIA (Che sento?) (da sé, frenandosi a stento).

LORENZO Sei una frasca e non sai nulla. Il signor conte usa civiltà con tutti, e non ha parzialità…

LENA Oh bella! e non sa tutta la villa che mattina e sera egli fa le sue passeggiate a cavallo o a piedi per andare a riverire la signora madama?

LORENZO Lena, ti replico…

LENA E il signor conte non ha promesso al marito di farlo nominare segretario del nostro comune per disgrazia di tutta la popolazione?

EMILIA (Di piú?) (da sé, come sopra).

LORENZO Indegna, vanne (la va spingendo per farla uscire, ed essa prosegue tuttavia).

LENA Vado, vado. E per chi il pranzo d'oggi e la festa di ballo?

LORENZO Ti caccerò dal mio servizio (come sopra).

LENA E non la vedremo di qui a poco venirsene festeggiante da Montenero nella carrettella ed in compagnia del signor conte?

EMILIA (Oh Dio!) (da sé, come sopra).

LORENZO Lingua infernale! (spingendola piú forte).

LENA Sapessi cosí scrivere come so parlare, e quella sciocca della signora contessa…

LORENZO Sciaguratissima (non la lascia terminare; e dopo averla spinta entro le scene, chiude l'uscio).

Scena nona

La contessa Emilia, dottor Lorenzo.

EMILIA Che intesi? e voi mi tacevate...? (risentita).

LORENZO Questo, questo me lo aspettava.

EMILIA Sareste voi mediatore o partecipe di tali pratiche?

LORENZO Mi meraviglio, signora: sono un uomo d'onore, ho detto al signor conte quel che richiede la stima e l'amicizia che ho per lui; ma infine poi non sono suo precettore né suo custode.

EMILIA Potevate scrivermi, informarmi...

LORENZO E metter la discordia tra marito e moglie!

EMILIA Intanto il perfido ama un'altra donna.

LORENZO Non posso darmelo a credere, colei è una donna ridicola. Conoscerete voi stessa...

EMILIA È inutile. Sono sette giorni ch'egli è qui, e per chi ci sta egli, se non per colei?

LORENZO Orsú ella adoperi da dama prudente.

EMILIA Io che l'amo con tanta tenerezza, cosí sono contraccambiata?

LORENZO Pensi che in questi giorni di fiera, la villa è piena di gente; e se si viene a sapere che Vostra Signoria è qui travestita con questi abiti, si fanno le glosse, i commenti, le aggiunte; la voce passa in città, e se ne compone un romanzo ridicolo per tutti.

EMILIA No, non crediate ch'io voglia avvilirmi con lagnanze o richiami: fo uno sfogo di dolore con voi, con voi che credo amico vero di nostra famiglia.

LORENZO E non v'ingannate di certo.

EMILIA Del resto ho tanto amor proprio che basta per poter comprimere l'affanno e seppellirlo nell'animo, dissimulare e frenarmi.

LORENZO Ma, signora, qui bisogna risolvere.

EMILIA È vero (sospirando).

LORENZO O aspettare il signor conte ovvero tornarsene prudentemente... perdoni...

EMILIA Io partire, mentre egli...? (trema).

LORENZO Si affidi a me... ma Vostra Signoria si sente male?

EMILIA Non bene per certo, perché posso appena reggermi in piedi.

LORENZO Povero me... qui non istiamo bene.

EMILIA Dove sono le vostre camere?

LORENZO Eccole.

EMILIA Permettete... per pochi momenti.

LORENZO Vuol caffè, qualche spirito?

EMILIA Nulla, nulla affatto che riposar sola un momento. A quell'uomo che mi ha accompagnata direte che mi aspetti qui sotto.

LORENZO E se viene il signor conte?

EMILIA Sono moglie, saprà rispettare i miei diritti (entra nelle stanze del dottor Lorenzo).

LORENZO Se non parte, saran brutti gl'impicci (parte per l'uscio di prospetto).

ATTO SECONDO

Scena prima

Dottor Lorenzo.

LORENZO (dall'entrata comune va presso all'uscio di sue stanze, poi torna indietro) Cospetto, non esce ancora? temo che il malanno ne colga tutti quest'oggi. È possibile che una donna gelosa e di spiriti cosí pronti stia ne' termini della prudenza. E se ella si mostra, ah di certo non fu mai la maggior combustione in famiglia. Vo' pregarla per amor mio ch'ella esca di qua finché non c'è nessuno: parlerò poi al conte io stesso... Signora? signora contessa? (tentando l'uscio).

Scena seconda

La contessa Emilia e detto.

EMILIA Oh signor Lorenzo? (piú serena).

LORENZO Si sente meglio?

EMILIA Sí, sono riposata e tranquilla.

LORENZO Lodato il cielo!

EMILIA E penso d'andarmene prontamente.

LORENZO Prudentissima dama!

EMILIA Dov'è il famiglio?

LORENZO Aspetta qui sotto in istrada.

EMILIA Voi mi accompagnerete due passi?

LORENZO Volentieri.

EMILIA Precedetemi dunque: e dite a quell'uomo che corra subito all'albergo della posta, cerchi di un cavalier Floridoro entratovi in calesse, son pochi minuti; gli consegni questo viglietto e venga a farmi la risposta al caffè.

LORENZO Ma, signora... che novità?

EMILIA Il cavalier Floridoro è una persona ch'io conosco da lungo tempo; ed anzi era una volta innamorato di me...

LORENZO Come, come?

EMILIA Sí, quando ero fanciulla; e fu da me preferito il conte che corrisponde con tanta gratitudine all'amor mio! (ironica).

LORENZO E Vostra Signoria vuole...

EMILIA Passeggiare col cavaliere sulla fiera.

LORENZO E poi?

EMILIA Al poi ci ho da pensar io e non voi.

LORENZO Questo improvviso cambiamento...?

EMILIA Mobilità di donna.

LORENZO In lei mi fa specie.

EMILIA Ho riflettuto che quando una persona non vi ama piú, l'insistere è peggio.

LORENZO Dunque cercare un altro?

EMILIA Deh non vi arrestate, io vi seguirò bel bello...

LORENZO Ah che non siamo piú a tempo! il cuore me lo presagiva.

EMILIA Arriva forse mio marito con madama?

LORENZO Non sente? la carrozza si avvicina... presto, presto torni nelle mie camere per lo migliore.

EMILIA Vengano pure: non vo' disperarmi per questo.

LORENZO Coglieremo un altro istante; ma per ora la prego... le raccomando... per non espormi...

EMILIA Avete una gran paura! finalmente sono in casa mia; ma saprò contenermi.

LORENZO Non mi fido niente affatto.

EMILIA Faranno qui loro colezione?

LORENZO Purtroppo!

EMILIA Sí... va benissimo. Mi ritiro per compiacervi.

LORENZO Ella badi... salgono le scale...

EMILIA Pensate a recapitare il viglietto.

LORENZO Deh, mi permetta...

EMILIA E indugiate ancora per poco a giudicarmi (rientra nelle camere del signor Lorenzo).

LORENZO Questa sua calma mi fa specie. Quando una donna offesa tace, sorride e cessa di risentirsi, cattivo segno. O non sono Lorenzo o la contessa medita di vendicarsi. Passiamo per quest'altra parte a far l'incombenza (s'incammina, poi torna indietro). È inutile, non sono tranquillo: qui si discorre, di là si sente... Mi perdoni la signora contessa, ma voglio assicurarmi (chiude l'uscio delle sue stanze, e toglie la chiave). Cosí né il conte potrà andar di là, né la contessa venir di qua. Se esco salvo da quest'impiccio, gli è un prodigio.

Scena terza

Lena e Berto dalla entrata comune; il suddetto.

LENA È qui, è qui la gran dama di Montenero.

LORENZO E dove sono?

BERTO Nel salone terreno.

LENA Madama vuol vedere se la sala è apparata a dovere pel ballo.

LORENZO (Vado e mi spiccio) (da sé). Via, preparate quel che occorre: tornerò or ora (parte).

Scena quarta

Lena e Berto.

LENA La madamina ha voluto dunque passare per la via grande, per mezzo alla folla, eh?

BERTO Sí, aiutatemi a tirare innanzi questo tavolino per la colezione.

LENA Dite su, via (portano verso i lumi il tavolino, ove sono le tazze).

BERTO Ella godeva che si gridasse «largo, largo» e a quei della villa che salutavano il padrone, rispondeva anch'essa con un tal sussiego di protezione: cosí, cosí (abbassando la testa).

LENA Sciocca, vana.

BERTO A cotest'altro (avanzano un altro tavolino).

LENA Raccontatemi quel che dicevano in carrozza.

BERTO «Caro conte, caro conte» andava dicendo madama.

LENA Cara, cara... e il marito?

BERTO Eccoli: andate a prender la colezione.

LENA Ditemi ancora questo...

BERTO Il marito: «Illustrissimo, troppa bontà per mia moglie, illustrissimo».

LENA Oh il gran baccellone, voglio almeno che ridiamo (va negli appartamenti).

BERTO Per verità il padrone non è di buon gusto.

Scena quinta

Madama Doralisa servita di braccio dal conte Aurelio, il signor Zuccolino, Rosina.

Appena entrati, il conte fa un cenno a Berto, il quale parte. Doralisa, siccome è per lo piú costume delle terrazzane, avrà una soverchia abbondanza di ornamenti tanto sul cappellino, quanto nel resto dell'abbigliamento, per altro senza troppa caricatura.

AURELIO Che dite adunque della sala del ballo?

DORALISA Caro conte, tutto quello che disponete voi, merita elogi.

AURELIO Siete gentile, madama... Or via, signori miei, vi prego di riguardarvi come padroni di casa mia: comandate liberamente, io sono nemico de' complimenti.

ZUCCOLINO Bontà dell'illustrissimo signor conte.

DORALISA Mi par grande assai questo castello.

AURELIO Se tutti gli appartamenti fossero ordinati...

DORALISA Caro conte, conviene ordinarli. (Rosina va intorno con curiosità, ora alzando le chicchere, ora rovistando sovra tavolini). E di qui dove si va?

AURELIO Al mio appartamentino. Cotest'uscita conduce alle camere della servitú, al terrazzo, ed è un comodo sfogo per la casa (accennando le varie porte a man ritta).

ZUCCOLINO E l'illustrissima signora contessa moglie di vossustrissima non ci vien mai?

AURELIO Essa è signora di capitale, non verrebbe in villa per tutto l'oro del mondo.

DORALISA E chi abita coteste camere?

AURELIO Il dottor Lorenzo. Egli era grande amico di mio padre... e poi tien d'occhio a' fattori, quando occorre, sopravvede alle possessioni...

DORALISA Intanto ha l'abitazione...

ZUCCOLINO Gratis.

DORALISA E poi, s'intende, essendo in casa, si servirà dell'ortaggio, delle frutta...

ZUCCOLINO Dei tini, della legna.

AURELIO Piccole cose.

ZOCCOLINO Calcolando l'una cosa e l'altra...

DORALISA Sono altrettanti risparmi per una famiglia.

AURELIO E dov'è fitto questo dottor Lorenzo?

Scena sesta

Dottor Lorenzo e detti.

LORENZO Sono qui a' comandi del mio signor conte. Padroni miei (salutando).

ZUCCOLINO Dottore, evviva noi.

DORALISA Dite un poco, medico?

LORENZO Signora?

DORALISA Quante camere avete di là?

LORENZO Cinque e un gabinetto. (Quale curiosità!) (da sé).

DORALISA Eh non è poco per un uomo solo.

LORENZO Bontà del signor conte e di suo padre, buona memoria!

DORALISA Vi basterebbe assai meno, mi pare...

AURELIO Lasciam questo discorso.

LORENZO (Sta' a vedere che madama pensa a cacciarmi di qua) (da sé).

DORALISA (piano al conte) (Ricordatevi che avete promesso un appartamentino a mio marito).

AURELIO (Sí, sí, farò il possibile) (piano).

DORALISA Rosina, dammi una sedia: sono stanca. (Rosina va a prendere una sedia, il conte ne accosta altre) (Marito, che vi pare? quelle camere...) (piano).

ZUCCOLINO (Se io sarò segretario del comune...) (piano).

DORALISA (Spero saranno nostre) (piano).

ZUCCOLINO (Cosí andavo calcolando) (piano).

ROSINA E la colezione non viene ancora?

DORALISA Zitta là.

ROSINA Ho fame.

AURELIO Signor Lorenzo...

LORENZO Un po' di pazienza.

ZUCCOLINO Siam partiti alle sette meno un quarto, siamo arrivati alle otto e un quarto. Un'ora e mezzo. Aveva calcolato precisamente cosí.

ROSINA Avete anche calcolato che, appena giunti, si farebbe colezione, é finora...

DORALISA Taci, o non ti condurrò mai piú con noi.

LORENZO Consolatevi, il calcolo non andò fallito: è qui la colezione.

Scena settima

Berto e Lena con caffettiere, biscotti, confetti, frutti, rosolio ecc., dispongono, servono come verrà detto: e gli altri baderanno a non interrompere il dialogo.

ROSINA Finalmente! io non ne poteva piú (non lasciando neppur deporre le cose, si piglia un biscotto, e lo mangia).

DORALISA Temeraria, lascia lí...

ROSINA No, no.

DORALISA Me la pagherai, tristarella.

AURELIO Non la sgridate, poverina.

LORENZO (Che bella educazione!) (piano al conte).

AURELIO (piano a Lorenzo) (Sí, davvero; ma conviene riderne). Madama, avrò l'onor di servirvi (serve Doralisa). Signori, ognuno badi a sé. Lena, servirai la Rosina.

Aurelio e Lorenzo si serviranno e beono.

ZUCCOLINO Faremo noi, faremo noi. Qua, galantuomo (si fa servire da Berto, e mette giú del gran zuccaro nella tazza. Berto gli offre il vaselletto come se lo volesse vuotare) Grazie, pare che basti cosí.

LENA E voi, ragazza, che volete?

ROSINA Io sono la figlia del signor notaro Zuccolini. e tutti mi dànno del lei.

LENA Mi perdoni, madamigella, vuole frutti?

ROSINA Oibò, quelle pere sono delle nostre.

DORALISA La vuoi finire?

AURELIO Mi avete mandato delle pere? (a Doralisa).

DORALISA Perdonate la libertà...

ZUCCOLINO Non è roba degna...

AURELIO Anzi vi ringrazio, sono assai belle.

LORENZO (La contessa non può uscire, l'altro aspetta al caffè; oh il bell'imbroglietto!) (da sé).

ROSINA Che cosa è quello?

LENA Caffè.

ROSINA Cotesto?

LENA Cioccolata, e qui latte, e qui rosolio.

ROSINA Voglio un po' di tutto.

LENA Eccomi a servirla (mette un po' di tutto nella tazza, eccetto rosolio).

DORALISA Il rosolio ti fa male.

ROSINA Non è vero, mi fa bene.

LORENZO Veramente alla vostra età...

ROSINA Ne voglio, vi replico.

ZUCCOLINO Te ne darò un pochino dopo il caffè, abbi pazienza.

DORALISA Ehi? (a Lena con sussiego) Date qui due biscottini.

LENA Servirla (co' denti stretti).

DORALISA Siete di casa?

LENA Sono la serva del signor medico.

DORALISA Mi pareva... ma no...

LENA Oh signora sí. Ella dee conoscermi, sono anch'io di Montenero.

DORALISA Sarà, non mi ricordo.

LENA Se mi permette, la farò risovvenire...

AURELIO A che ora volete desinare? (a Doralisa).

DORALISA Non saprei...

ZUCCOLINO Quando piacerà a Vostra Signoria illustrissima.

ROSINA A Montenero desiniamo sempre a mezzodí.

AURELIO Non so bene se verrà il delegato o altri...

DORALISA A un'ora, se vi piace.

AURELIO Avete inteso? (a Berto e Lena).

DORALISA A un'ora (con sussiego, e si alza).

LENA Illustrissima sí, a un'ora. (Berto e Lena raccoglieranno le tazze, e rimetteranno i tavolini ov'erano prima).

LORENZO (Quella Lena è un demonio) (da sé).

DORALISA Caro signor conte, a proposito del delegato, sentite una parola.

AURELIO Eccomi tutto a' vostri comandi (vanno alla sinistra della scena).

LORENZO (Povero me, un colloquio vicino alle mie camere!) (da sé, e passa alla sinistra per allontanare con destrezza il conte e Doralisa). Non sarebbe meglio andar sulla fiera? Mi par l'ora opportuna.

DORALISA C'è tempo.

AURELIO Ci abbiam tempo.

LORENZO (Ma non cederò questo posto) (da sé).

ROSINA Adesso non so piú che fare, e comincio proprio ad annoiarmi. Voglio andare su quel terrazzo (accennando entro le scene a destra).

DORALISA Sí, andate sul terrazzo, se il signor conte lo permette.

AURELIO Lena, accompagna la Rosina.

ROSINA Non ho bisogno d'essere accompagnata: a Montenero giro da me sola per tutte le case (corre via).

LENA Padronissima. Berto, spicciatevi, andiamo (parte con Berto, portando via le tazze, le caffettiere ecc.).

Scena ottava

I personaggi saranno collocati cosí: Zuccolino alla destra, poi Doralisa, il conte Aurelio, il dottor Lorenzo.

ZUCCOLINO Signor Lorenzo venite qui, giochiamo a dama.

LORENZO Il gioco veramente non mi diverte. Se non volete andar sulla fiera, si potrebbe passeggiare in giardino.

AURELIO Avete un grande impegno di farci uscir di qua.

LORENZO Eh vi pare?

DORALISA E qui non si sta male.

LORENZO Io son buon servitore degli altri.

ZUCCOLINO Tenete dunque il mio invito: giochiamo.

LORENZO Bene, si faccia. (Porterò qui lo scacchiere) (da sé, e mentre va a prendere lo scacchiere per recarlo alla sinistra, Doralisa fa sedere il conte presso di lei dalla stessa parte).

ZUCCOLINO Giocheremo alla polacca, se volete.

LORENZO Giochiamo anche alla russa.

ZUCCOLINO E perché volete tramutar lo scacchiere? qui non istà bene?

LORENZO Benissimo; ma la luce di quella finestra... (È fatta, pazienza. Il cielo la mandi buona alla contessa, tremo per lei) (seggono alla destra, dispongono e giocano).

DORALISA E posso fidare nella vostra promessa? (piano fra loro).

AURELIO Farò il possibile per consolar vostro marito (come sopra).

DORALISA (Ve l'ho detto e lo ripeto: il soggiorno di Montenero mi è diventato insoffribile; l'invidia ci perseguita) (come sopra).

AURELIO (Spero verrete a dimorar qui) (come sopra).

DORALISA (Caro conte, dipende da voi) (come sopra).

ZUCCOLINO Quanti malati avete? (giocando).

LORENZO Pochi. (Que' due parlano piano) (da sé, guardando verso il conte).

ZUCCOLINO L'aria qui debbe essere sana?

LORENZO Sanissima.

ZUCCOLINO Migliore che a Montenero?

LORENZO Che vuol dire, verreste volentieri ad abitarci, eh?

ZUCCOLINO Veramente i miei interessi... la salute delicata di mia moglie... la protezione del signor conte... la vostra amicizia... il bisogno che ha questo comune d'un onorato, probo ed abile segretario... calcolando tutto... soffio la dama.

LORENZO Oibò, badate a voi, che perderete la vostra pedina.

ZUCCOLINO Avete ragione.

DORALISA Ma intanto questo signor delegato non viene (forte al conte).

AURELIO È ancor di buon'ora: e se non gli sono sopraggiunte persone di città...

DORALISA Poiché la sua villeggiatura è cosí vicina, mandate a riconoscere, scrivetegli un viglietto.

AURELIO (Diamine, scrivergli nuovamente...) (piano).

DORALISA (Vi sono molti impegni per questa carica) (come sopra).

AURELIO (È verissimo, ma...) (come sopra).

DORALISA (Per far piacere a Doralisa...) (come sopra).

AURELIO (Bene, gli scriverò...) (come sopra).

DORALISA (Subito?) (come sopra).

AURELIO (Subito) (come sopra).

DORALISA (Caro conte...) Vi lasceremo dunque in libertà (forte, e si alzano) e andremo a veder che fa la Rosina sul terrazzo.

LORENZO Lode al cielo!

ZUCCOLINO Mi avete dato cappotto (si alzano pure).

AURELIO Se favorite passare... vi raggiungerò fra pochi minuti, e di là scenderemo subito sulla fiera.

DORALISA Via, signor marito.

ZUCCOLINO (Va bene?) (piano a Doralisa).

DORALISA (Scrive nuovamente al delegato) (incamminandosi).

ZUCCOLINO (Le camere?)

DORALISA (Le avremo, e uno stipendio per voi come soprintendente delle possessioni).

ZUCCOLINO (Cara, preziosa moglie, la vogliamo far vedere a' nostri nemici!) (piano, e partono. Aurelio li accompagna dentro, poi tornerà in iscena).

Scena nona

Dottor Lorenzo e subito il conte Aurelio.

LORENZO In buon'ora se ne sono andati: liberiamo la prigioniera (va ad aprire l'uscio delle sue stanze).

AURELIO Or bene, dottor Lorenzo...

LORENZO E come lasciate madama?

AURELIO Debbo fare un nuovo invito al delegato.

LORENZO E volete procurare al signor Zuccolino...?

AURELIO L'ufficio di segretario del comune: gliel'ho promesso.

LORENZO È un uomo ignorante, basso, venale.

AURELIO Ve ne sono tanti altri come lui.

LORENZO Pensate qual carico di coscienza...

AURELIO Sono venuto nel mio castello per divertirmi, e non per ascoltar prediche (va cercando qua e là un calamaio).

LORENZO Se la signora contessa venisse a risapere...

AURELIO Spero non sarete voi quello...

LORENZO Dopo appena quindici mesi di matrimonio...

AURELIO E vi pare che un uomo della mia età, col mio brio possa adattarsi a stare tutto dí languente o seccato presso la moglie? (come sopra).

LORENZO Essa vi ama...

AURELIO Mi ama troppo.

LORENZO Prima di sposarla ne eravate pure invaghito.

AURELIO Sapete che cosa dicono i francesi: non vi sono amori eterni.

LORENZO Bellissime massime! buona morale! oh cominciamo bene (ironico).

AURELIO No, non crediate poi... sono un marito onesto, affezionato a mia moglie, e incapace di recarle il menomo dispiacere. Ma essa, vi dico, non ne sa niente.

LORENZO Non capisco.

AURELIO Ha una certa uniformità nell'amarmi, che ristucca.

LORENZO Oh lasciamo queste cose...

AURELIO No, no, voglio appagarvi. Per esempio: entro in casa «Buon giorno, mio sposo, - e poi un bacio: - lo meriti poi? dove sei stato? voglio saperlo... perché cosí tardi? perché cosí freddo? perché distratto? hai gli occhi torbidi, la faccia accesa»... e sempre siamo alle stesse.

LORENZO Quanti mariti vorrebbero tali domande! e come son divenute rare oggidí!

AURELIO No, amico mio: ci vuole un po' d'artifizio in una moglie... Una leggerissima tinta di civetteria, un far mostra d'indifferenza per le premure d'affetto... non curarle per accrescere il desiderio... oh insomma, mia moglie è affatto novizia, non ne sa niente.

LORENZO E se la signora contessa, indispettita del vostro procedere, vi pagasse della stessa moneta?

AURELIO Oibò, non ci è pericolo. Poverina, è fedele, fedelissima, gelosa come cento diavoli: e dopo pochi altri giorni... quando tornerò in città, farà l'irata, la stizzosa... qualche lagrimetta, perché piange facilmente, un po' di corruccio, e poi mi vorrà bene piú che prima... Ma non trovo neppure un calamaio...

LORENZO Or, ora... andiamo di là.

AURELIO Eh giusto, nelle vostre camere vi sarà l'occorrente.

LORENZO Permettete, ve lo reco subito.

AURELIO Vado io stesso, e mi spiccio (vuole andare nelle stanze del dottore, questi si oppone).

LORENZO Perdonatemi, vi prego... non fate...

AURELIO Che? che? dottor mio, ci avreste qualche contrabbando? (come sopra).

LORENZO Rispettate le mie convenienze. (Io sudo tutto) (da sé).

AURELIO Bravo il signor Lorenzo che ammonisce altrui cosí bene! (come sopra).

LORENZO A dirvela...

AURELIO Qualche contadinella eh?

LORENZO Sí.

AURELIO Bellina?

LORENZO Secondo i gusti.

AURELIO Ottimamente.

LORENZO È venuta a consultarmi per certi suoi maluzzi.

AURELIO E le spedite in camera le ricettine?

LORENZO Vorrei poterla guarire...

AURELIO Lasciate ch'io la vegga.

LORENZO Mancherei di parola.

AURELIO Un solo momento...

LORENZO Non posso.

AURELIO È qui delle vicinanze?

LORENZO Cosí credo.

AURELIO Sarà venuta senza che suo marito lo sappia?

LORENZO Appunto.

AURELIO Gl'incomodi saranno un pretesto... la fiera, l'occasione... il marito sarà lontano?

LORENZO Non tanto.

AURELIO Che marito sciocco! almeno con l'occhialetto... dalla serratura... (si fa alla serratura). Si è voltata, ho capito, bravo dottore, maestro di morale...

LORENZO Ma, signor conte, è un troppo spinger la cosa. Lena Lena? (chiama).

AURELIO Ora son curioso di vederla. Vi prometto il piú inviolabile segreto..

LORENZO Voi mi offendete.

AURELIO Sí, sí, ci conosciamo, finalmente è casa mia, e voglio vederla.

Scena decima

Madama Doralisa e detti.

DORALISA E non avete scritto ancora?

AURELIO Sí, sí, ho scritto.

LORENZO (Fortuna, da chi mai vieni!) (da sé).

DORALISA E il viglietto?

26

AURELIO L'ha il dottor Lorenzo, e lo farà ricapitare immediatamente.

LORENZO (Anche questa) (da sé).

AURELIO (Scrivete al delegato a mio nome) (presto e piano).

LORENZO (Sarete servito) (come sopra).

DORALISA La fiera è bellissima, caro conte; mio marito e Rosina aspettano.

AURELIO Sí, andiamo. Dottor Lorenzo, ci rivedremo (parte con Doralisa).

LORENZO Oh finalmente, è raccomandato al braccio di madama, non vi è piú pericolo (apre l'uscio, e viene subito la contessa).

Scena undicesima

La contessa Emilia e detto.

LORENZO Signora, avete inteso...

EMILIA Sí, quanto per ora mi basta.

LORENZO Il conte è gioviale, scherzoso. In sostanza poi ama Vostra Signoria.

EMILIA E si dispone a darmene prova!

LORENZO Ma, signora, se Vostra Signoria sapesse...

EMILIA Il viglietto è stato ricapitato?

LORENZO Immediatamente.

EMILIA Addio dunque. Vo a trovare il cavalier Floridoro per partire con lui.

LORENZO Rifletta che l'altrui cattivo esempio non può autorizzare...

EMILIA Che ha risposto mio marito alle vostre ammonizioni?

LORENZO Che so io?

EMILIA Che esso era venuto a Valdimora per divertirsi, e non per sentir prediche.

LORENZO E Vostra Signoria?

EMILIA Ed io son venuta a raccogliere una buona lezione, e a farne profitto (partendo).

LORENZO Signora, pensi...

27

EMILIA Scrivendo al delegato, salutatelo per parte mia (parte).

LORENZO Il marito da un canto, la moglie da un altro, ecco stabilita la coniugale felicità (parte).

ATTO TERZO

Luogo spazioso con case ed alberi destinato alla fiera. A man ritta presso al proscenio sarà un bottegone da caffè con ampia tenda sul davanti e, sotto a questa, tavolini, seggiole, panche. A mano sinistra vedesi l'entrata del teatro con cartellone d'invito, dicente Grande spettacolo di fantasmagoria. Fra il bottegone e il teatro è la contrada, per cui si va obbliquamente da destra a manca all'estremità del palcoscenico. Lunghesso la detta strada, e linealmente l'un presso l'altro, sono i banchi de' venditori, siccome vedesi sulle fiere. Per altro in mezzo è libero il passo a chi va e viene.

Scena prima

Disposizione de' personaggi. Al primo banco presso al caffè sarà seduta una mercantessa di scialli, cappellini, telerie, merletti e simili; e di seguito dopo lei, altri merciai di orificerie ecc. Rimpetto alla mercantessa sarà un merciaio francese che vende parimente cose di moda. Piú in là, sovra un banco sollevato di poco, si scorge un ciarlatano con cartello accomandato ad un'asta; e intorno a lui popolo di villani, villanelle e ragazzi. Sotto alla tenda del caffè, persone che beono o discorrono sedute. Oltre queste persone, e mentre parlano gli attori, si vedranno passare e ripassare altri merciaiuoli con loro botteghini, come pure uomini e donne che osservano, passeggiano o fanno mercato. All'alzarsi del sipario, tutto sarà in movimento.

Parlano in questa scena: la mercantessa, il merciaio francese, il ciarlatano.

LA MERCANTESSA Cappellini, scialli, merletti, tele d'Olanda, stoffe di seta delle prime fabbriche di Francia... vengano, favoriscano.

MERCIAIO (coprendo la voce della mercantessa) Au marchand de modes, bijoux, rubans de Paris, dentelles, ceintures avec agrafe en or, en argent, en acier'.

LA MERCANTESSA Non gridate cosí forte, signor francese. Sono pure pentita di non aver tolto a pigione anche quel vostro banco.

MERCIAIO Madama, pensate a' fatti vostri, né v'imbarazzate degli altri.

LA MERCANTESSA Vi dico che siate piú discreto, e non gridiate cosí forte. Cappellini, scialli, merletti...

MERCIAIO (come sopra) Des bagues d'amitié, des colliers en perles et en corail, des nécessaires pour toilette, des souvenirs de France de toute espèce...

LA MERCANTESSA Maledetto... signori, vengano (ad alcune persone che s'accostano).

MERCIAIO Messieurs, son da loro (ad altri che vogliono far mercato con lui).

CIARLATANO Questo, riveriti signori, è il celebre rimedio del signor Leroi, rimedio universale, vera panacea per tutti i mali passati, presenti e futuri: passati, perché non tornino piú, presenti, per sanarli, futuri, per prevenirli. Gotte, sciatiche, reumatismi cronici, epilessie, apoplessie, vertigini... insomma con l'uso di questo rimedio non avrete bisogno né di medici né di medicine. Ed ecco qui, senza costo di spesa, il modo di servirsene e curar le malattie (scende, distribuisce foglietti, quindi se ne va dal fondo del teatro a sinistra).

LA MERCANTESSA A meno di tre lire il braccio non posso lasciarlo: osservino che filo, che tessuto... costa piú a me in parola d'onore... non si fa niente, si sacrifica la roba... via, vengano, non vo' disgustarli, e ci rimetto piuttosto del mio (le persone che s'erano avvicinate, comprano, e quindi se ne andranno, mentre continua il dialogo degli attori che giungono).

Scena seconda

La contessa Emilia, il cavalier Floridoro escono dal bottegone.

EMILIA Vi fa specie l'avermi trovata qui?

FLORIDORO Non posso negarlo: in quell'abito, sulla fiera; avete scritta precipitosamente una lettera, e spedita non so dove... siete qui incognita da poche ore, e mi richiedete il calesso per tornarvene...

EMILIA Misteri grandi; e a suo tempo li saprete.

FLORIDORO Ma perché non volete veder vostro marito?

EMILIA Compiacetevi di rispondermi se potete sacrificar poche ore in mia compagnia?

FLORIDORO Lo stare presso di voi, signora il sapete troppo, era per me una volta il solo, l'unico sollievo.

EMILIA Non parliamo di ciò. Siete venuto sulla fiera per puro divertimento, ovvero con qualche fine particolare?

FLORIDORO Vi dirò schiettamente...

EMILIA Dite pure.

FLORIDORO Qual tormento io abbia provato, quando vi siete vincolata al conte Aurelio...

EMILIA Prescindiamo dalle reminiscenze: io amava il conte, chi ama è cieco; chi è cieco si lascia condurre a grado altrui: ecco sciolta la questione.

FLORIDORO Volli adunque cercare un oggetto...

EMILIA Ottimo rimedio.

FLORIDORO E posi l'occhio ad una giovane vedova...

EMILIA Sí, sí, ora mi sovviene, e m'era passato di mente: donna Ernestina, sorella del barone Ortensio, delegato di questa provincia: e dopo capisco il resto da me.

FLORIDORO Che vuol dire?

EMILIA Il barone Ortensio è alla sua villa qui vicino: donna Ernestina sarà da lui...

FLORIDORO Appunto.

EMILIA E voi volete andare a vederla.

FLORIDORO Io non ho finora conoscenza col delegato: ma so che prima di pranzo, verso il mezzogiorno, verranno sulla fiera, ed ho promesso di aspettarli.

EMILIA Quand'è cosí, avete tutto il tempo di vedere la vostra bella, di accompagnarla, e di far conoscenza col delegato.

FLORIDORO Donna Ernestina sa che io vi amava, non vorrei... essa è gelosa...

EMILIA Non temete, ho il segreto di calmarla e di giustificarvi pienamente. Non perdiamo adunque i momenti... ma chi è costei vestita di nero, che viene verso di noi?

FLORIDORO Non saprei, è una figura originale.

Scena terza

I suddetti. Astellia seguita da un morettino, il quale porterà una cassetta piena di boccette, pomate e simili.

ASTELLIA Signori, io sono l'Indovina Astellia. -

FLORIDORO Me ne rallegro.

ASTELLIA (recita)

      Chi vuol conoscere

La sua ventura,

Se amato od ama,

Se amor non cura,

Se alcun l'intorbida

Ne' dolci affetti,

Se in sen gli bollono

Ire o dispetti,

Venga, s'approssimi,

La mano porgami,

E con simboliche

Parole e numeri

E chiromantica

Scienza infallibile,

Se aspetta misera

Sorte o felice,

Astellia il dice.

EMILIA (a Floridoro) Or vedete quante maniere di furberie vengono sulle fiere.

FLORIDORO Andrà scroccando denari agli sciocchi; e per consolarli d'un lieto avvenire, darà loro ad intendere mille fanfaluche: andiamo pure.

ASTELLIA (fermando il cavaliere) Mi meraviglio, signore, che ella osi sparlare della mia scienza.

FLORIDORO Davvero! (ridendo).

ASTELLIA Le farò vedere che s'inganna.

FLORIDORO Alla prova.

ASTELLIA Favorisca la mano.

FLORIDORO Eccola.

ASTELLIA Questa linea mi dice che Vostra Signoria amava un'altra donna, e non fu corrisposto.

FLORIDORO Diamine!

EMILIA Singolare!

ASTELLIA E per cacciarne la memoria, si è da poco tempo impegnato con una vedova...

EMILIA Meglio.

FLORIDORO E come mai...?

ASTELLIA E se non si oppone certo pianeta disturbatore de' fatti altrui, Vostra Signoria vedrà la sua innamorata di quest'oggi.

FLORIDORO Avete ragione, e meritate una ricompensa (le dà una moneta).

ASTELLIA La ringrazio (fa per partire).

EMILIA Mi rallegro: siete una buona indovina.

FLORIDORO Volete astrologare questa contadinella?

ASTELLIA La mano. - Contadina? (osservando la mano della contessa) con questa morbidezza di pelle? Questa è una signora gelosissima del marito, e viene travestita sulla fiera in cerca de' suoi disgusti.

EMILIA Io rimango estatica (al cavaliere).

FLORIDORO Ella sa anche le vostre faccende?

EMILIA (da sé) (Non vorrei mi scoprisse). Venite qui, rispondetemi sinceramente, e sarete contenta di me.

ASTELLIA Vostra Signoria vorrebbe sapere come mi siano note coteste cose?

EMILIA Appunto.

ASTELLIA Da quel che mi pare, né l'uno né l'altra non avete fede nell'influenza degli astri e nelle congiunzioni celesti. Or bene, signor cavaliere, io sono quella donna che tutte le sere del passato inverno andava nel caffè de' mercanti a vendere occhialetti, essenze e profumi...

FLORIDORO Sí, ora vi ravviso. Ma questa mutazione di nome, di forme...

ASTELLIA Mio marito fabbricava istromenti d'ottica; il gioco del lotto lo ha rovinato. E cosí, per non pagar pigione, andiam girando i mercati e le fiere, egli con le macchine di fantasmagoria, io con coteste altre bagattelle. So improvvisare qualche cattivo verso, e cantare eziandio, se sono richiesta, e io l'indovina. E in verità non avrei creduto che il darla ad intendere agli sciocchi fosse mestier cosí facile e di tanto profitto.

EMILIA Ma di me come avete saputo...?

ASTELLIA La notte scorsa sovrappresi dal cattivo tempo siamo stati ricoverati dal suo fattore di Rialto. E stamattina, mentre stavam disponendo la nostra roba per venir sulla fiera, Vostra Signoria è scesa di carrozza con la cameriera...

EMILIA Basta, basta, vien gente a questa volta (si veggono Zuccolino e Rosina comparir sulla fiera).

ASTELLIA Il resto poi l'ho saputo facilmente...

EMILIA Non occor altro…

FLORIDORO Ma, signora, io non capisco...

EMILIA Zitto. Signora indovina, precedetemi nel caffè, voglio impiegar l'opera vostra; ma mi raccomando il segreto.

ASTELLIA La ubbidirò con piacere (entra nel caffè: il morettino andrà girando per la fiera).

FLORIDORO Voi volete pigliarvi qualche spasso...

EMILIA Piacciavi riconoscere se il calesso è pronto: dico due parole a quella donna e partiamo di volo.

FLORIDORO Io non posso ancora sapere l'idea vostra.

EMILIA Non importa: la vostra vedovella perdonerà a voi la tardanza, e a me questo pochino d'indiscrezione. Per voi il piacere un po' contrastato riuscirà piú gradito... per me, se non lo sa l'indovina, non so nemmen io quel che sarà per succedere (entra nel caffè).

FLORIDORO Io l'amava sinceramente... ha voluto il conte... egli forse non la cura piú... anche le piú savie s'appigliano al peggio (entra pure nel caffè).

Scena quarta

Il signor Zuccolino e Rosina.

ZOCCOLINO Per carità, lasciami in pace, non ho danari, che vuoi ch'io ti compri?

ROSINA Un cappellino voglio, una vestina, voglio la fiera insomma. Non vedete quanta roba ci è? tutti, tutti comprano.

ZOCCOLINO Aspetta ch'io sia nominato segretario del comune... chi vorrà qualche favore, dovrà far capo da me... guadagnerò le doppiette... ci vestiremo tutti di nuovo, faremo provviste...

ROSINA Voglio la fiera, vi dico.

ZOCCOLINO Ti posso comprare un zufoletto di stagno.

ROSINA Non mi fate arrabbiare: lo dirò al signor conte.

ZOCCOLINO Cosí rispondi a tuo padre?

ROSINA Signorsí, e mi pagherà egli la fiera.

ZOCCOLINO Lo dirai al signor... ti pagherà egli...? (ma infine, calcolando, ella è piccolina, non c'è alcun male) (da sé). Vedremo, vedremo.

Scena quinta

Dottor Lorenzo é detti.

LORENZO Che avete fatto di vostra moglie? (a Zuccolino).

ZOCCOLINO Passeggia col conte (con aria di sussiego).

ROSINA Si sono arrestati presso un orefice ad osservare anelletti.

ZOCCOLINO Sciocca.

LORENZO (Mi premerebbe sapere se la contessa è partita) (da sé, osservando presso il caffè).

ZOCCOLINO Questo signor delegato non è ancora venuto?

LORENZO Non saprei... vi sta a cuore la carica, eh? (osservando presso il caffè).

ZOCCOLINO Per non istare ozioso...

LORENZO In sostanza poi non vi frutterà che seicento lire annue...

ZOCCOLINO Vi sono gli atti di notaria, gli appalti... il saper dire... il saper fare...

LORENZO Avrete un appartamento in castello?

ZOCCOLINO Si spera, senza vostro pregiudizio. .

LORENZO Il conte è tutto per voi.

ZOCCOLINO Bontà sua.

LORENZO Potrete dar d'occhio a' suoi affari...

ZOCCOLINO Senza interesse... per amicizia... dove potrò...

LORENZO Ne godo davvero, e mi consolo con voi (toccandogli strettamente la mano).

ZOCCOLINO Se potrò servirvi, fate capitale di me, e comandatemi sin d'ora.

LORENZO Obbligatissimo, è troppo presto.

ZOCCOLINO Prima di desinare, secondo i miei calcoli...

LORENZO Se fosse anche dopo... Ehi, di bottega? Pedruccio?

ZOCCOLINO (Costui non ci vedrà di buon occhio, ma dice bene mia moglie: tanto peggio per lui) (da sé).

Scena sesta.

Un garzone del caffè, e detti.

GARZONE Comandi, signor medico? (si accosta).

LORENZO (Dimmi, Pedruccio, sapresti se dentro al caffè sia un cavalier forestiere con una contadinella?) (piano).

GARZONE (Sono montati or ora in un piccolo calesso, e si avviano a tutto corso verso città) (piano).

LORENZO (da sé) (Buono, son contento). Vanne pure, ti ringrazio.

GARZONE Padrone, signor dottore (rientra in bottega).

ROSINA Ecco la signora madre col signor conte: io vado con loro (va verso madama Doralisa ed il conte, e parla piano a questo).

Scena settima

Madama Doralisa, il conte Aurelio e detti.

Doralisa si stacca dal conte, e si porta dalla mercantessa, e contratta un taglio d'abito ed un cappellino. Rosina sta presso di lei: il tutto mentre continua il dialogo degli altri attori.

AURELIO Or bene, dottore, anche voi sulla fiera?

LORENZO Un po' di curiosità...

AURELIO Ehi? (e quella contadinella sí fatta?) (sommessamente).

LORENZO Se n'è andata.

AURELIO Non torna piú?

LORENZO Spero di no.

AURELIO Avrà avuto paura?

LORENZO Piuttosto.

AURELIO Ah, se non giungeva madama!

LORENZO È meglio che sia andata cosí.

AURELIO Per voi eh? signor moralista...

LORENZO Per me... per lei... per tutti.

AURELIO Ma sediamo; ehi? sedie (garzoni recano sedie). Sedete, signor Zuccolino, signor futuro segretario.

ZUCCOLINO Grazie, illustrissimo, del buon augurio (seggono tutti tre e parlano piano).

DORALISA Come! cinquanta lire di questo taglio e trenta di cotesto cappellino?

LA MERCANTESSA Si assicuri, non posso lasciarli a meno prezzo di cosí.

DORALISA Siete pazza? non avete mai venduto.

LA MERCANTESSA E quanto vorrebbe darmi?

DORALISA Trenta lire dell'abito e quindici del cappellino (estraendo il borsellino, come se volesse pagare).

LA MERCANTESSA Vostra Signoria dice a me che non ho mai venduto: pare piuttosto che ella non abbia mai comprato.

DORALISA Mi meraviglio.

LA MERCANTESSA Se vuole un cappellino da due lire, l'abbiamo.

DORALISA Insolente, non sapete chi sono?

LA MERCANTESSA Eh me ne accorgo.

DORALISA Merciaiuola da fiera.

LA MERCANTESSA Non mi faccia dire: madamina terrazzana.

DORALISA Signor conte, signor conte? (voltandosi al conte).

LA MERCANTESSA Se poi vuole del percalle a quindici soldi il braccio, ne abbiamo che fa per lei.

DORALISA E nessuno mi fa portar rispetto? (prestissimo).

LORENZO Che cosa è stato? (come sopra).

ZUCCOLINO Mia moglie, mia moglie? (come sopra).

ROSINA Egli è proprio da ridere.

AURELIO (si alza) Madama, compiacetevi di seder qui e lasciate a me la cura...

DORALISA Andrò da un'altra...

LA MERCANTESSA (gridando forte) Cappellini, scialli, merletti.

AURELIO Vi prego per far piacere a me (fa sedere Doralisa).

DORALISA Sí, fo questo sacrifizio per voi; e non comprerò più nulla da colei (ripone il borsellino).

LA MERCANTESSA (piú forte) Cappellini da due lire per chi può spender poco.

DORALISA Si burla ancora di me? in pubblica fiera?

AURELIO Ora la finisco subito (va dalla mercantessa, mette da parte il cappellino scelto da Doralisa, fa tagliar la pezza per un abito, contratta e paga, mentre gli altri proseguono a parlare).

ZUCCOLINO Quando sarò segretario del comune, costei non ci verrà piú sulla fiera: e chi vorrà un banco in sito buono, avrà da far meco i suoi patti.

DORALISA E se siete nominato quest'oggi?

ZUCCOLINO Domani caccio colei e ti vendico onoratamente.

LORENZO Bravo, signor notaro, bravissimo.

ROSINA E intanto nessuno non mi compra nulla.

DORALISA Non la vuoi finire?

ZUCCOLINO (Doralisa?) (piano tra loro).

DORALISA (Marito?) (come sopra).

ZUCCOLINO (Il conte la discorre con la mercantessa) (come sopra).

DORALISA (Le imparerà la creanza) (come sopra).

ZUCCOLINO (Ehi? fa tagliar la pezza) (come sopra).

DORALISA (Non riguardate in là, non va bene) (come sopra).

ZUCCOLINO (Mette da parte anche il cappellino) (come sopra).

DORALISA (Ma via) (come sopra).

ZUCCOLINO (E paga... mi pare... sí paga) (come sopra).

DORALISA (Pretenderebbe forse farmi un regalo? Non lo dobbiam comportare assolutamente: vi pare?) (come sopra).

ZUCCOLINO (Questo è calcolo di politica per frenare la mala lingua di quella merciaia: è un cavalier prudente) (come sopra).

DORALISA (Io l'ho pregato di procurare a voi un impiego onde abbiamo un mezzo onesto di sussistere; ma regali non ne voglio, e gli restituiremo lo speso) (come sopra).

ZUCCOLINO (Lo disgusteremo) (come sopra).

DORALI SA Signor conte, venite con noi: che fate colà?

AURELIO Vo' presentare questo ventaglio alla Rosina, se il permettete (dà un ventaglio alla Rosina).

ZUCCOLINO Illustrissimo, non faccia... prego...

DORALISA Via, trattandosi d'un ventaglio, e donato dalla mano del signor conte, vi permetto d'accettarlo (a Rosina).

LORENZO (Che bontà di cuore) (da sé).

ROSINA Grazie, grazie, è bello assai.

AURELIO Ed ora che si fa?

ROSINA Andiamo a vedere la fantasmagoria...

DORALISA Oh ecco l'indovina.

ROSINA Sentiamo, sentiamo prima l'indovina.

Scena ottava

Astellia, il morettino e i suddetti. Il morettino va a collocarsi presso il teatro.

ASTELLIA (passando davanti agli attori seduti) Signori, io sono la strologa

Astellia, che indovina in prosa e in versi a chi vuole, il passato, il presente e il futuro.

DORALISA Volete astrologar me?

ASTELLIA Perché no?

AURELIO Lasciate queste fole al volgo.

LORENZO Oh sí davvero.

DORALISA Per curiosità.

ASTELLIA Dia la mano.

DORALISA Eccola: ah ah ah! (ridendo).

ASTELLIA Il bell'astro di Venere

Presiede a' vostri dí.

AURELIO Vuol dire dunque: tutto ridente e per essa? (ad Astellia).

ASTELLIA Par l'orizzonte lucido;

Ma vapori si addensano,

Si van formando nugoli

E il tempo vuol cambiar.

DORALISA Che sciocca, che sciocca! Marito, datele una piccola moneta, e se ne vada.

ZUCCOLINO Or ora... e di me che vi pare? (ad Astellia che gli prende la mano).

ASTELLIA Marito garbatissimo,

Certo pianeta burbero

Con influsso malefico

Vi sta di sopra: e insegnavi

Che nel mondo variabile

Sbagliano spesso i calcoli.

ZUCCOLINO Che vorreste dire?

LORENZO (Qui ci par del mistero):(da sé).

ASTELLIA Ma rimanete impavido;

Con bella moglie e florida

Non vi è malor durevole.

LORENZO Vedete?

ZUCCOLINO Coteste sono infinocchiature. Adesso... vi pagherò... aspettate... (fingendo di cercare e non trovar moneta).

AURELIO Potete andarvene (mentre dà una moneta ad Astellia, questa gli trattiene la mano).

ZUCCOLINO Illustrissimo, che fa?

ASTELLIA Permetta che per gratitudine io faccia anche a lei la ventura.

DORALISA Caro conte, sí, anche a voi.

AURELIO Io conosco i fatti di casa mia; e non ho d'uopo delle vostre ciurmerie.

ASTELLIA Vostra Signoria crede di conoscerli, e non sa niente (osservando la mano).

AURELIO Che vorreste dire?

ASTELLIA Niente affatto (come sopra).

LORENZO Bellissima, sentiamo.

ASTELLIA La pianticella tenera

Vuol giardiniere assiduo.

AURELIO Spiegatevi.

ASTELLIA Quando la moglie è giovane,

Non si lascia soletta;

Se di star sola annoiasi,

E credesi negletta,

Deh signor conte amabile,

Siam tutte fragilissime;

Pieghi la fronte e gli omeri

Agli accidenti soliti

Di villa e di città. (Entra frettolosa nel caffè).

AURELIO Che diamine ha voluto dire? (a Lorenzo).

LORENZO Lo saprete voi: l'augurio vi ha scosso.

AURELIO Cantano a tutti le stesse favole.

MORETTINO Presto, signori, si va a dar principio al grandioso e mai piú veduto spettacolo della fantasmagoria (entrano molte persone in teatro).

DORALISA Possiamo andare anche noi?

AURELIO Sono a' vostri comandi... Ma che veggo? Berto che viene in tutta fretta.

LORENZO Qualche novità? (si alzano tutti).

DORALISA Che sarà mai?

ZUCCOLINO Premura grande, si è scritto, si aspetta, siam presso al mezzogiorno, ecco il calcolo: è venuto il delegato, ed io son segretario di Valdimora.

Scena nona

Berto ansante e detti.

AURELIO (che gli è andato all'incontro) Che hai che sembri spiritato?

BERTO (Signor padrone, signor conte...) (piano e tirandolo a parte).

AURELIO (Che v'è di straordinario?)

BERTO (Siamo perduti. In questo punto...)

AURELIO (Or via? ... Signor Lorenzo...) (chiamandolo. Lorenzo s'accosta).

BERTO (Sulla strada maestra, avviata verso il castello...)

AURELIO (Finisci).

BERTO (Ho veduto la signora contessa...)

AURELIO (Mia moglie? impossibile, sciocco...)

BERTO (Ho salutato il cocchiere e Lauretta).

AURELIO (Che contrattempo, signor Lorenzo, signor dottore...!)

LORENZO (Poffarbacco, che spiritino di donna!) (da sé, e poi parla piano al conte).

DORALISA Io non capisco bene... (a Zuccolino).

ZUCCOLINO Ehi? sono venuti forestieri?

BERTO Signorsí.

ZUCCOLINO È lui, è lui. Moglie mia, siam sicuri del fatto nostro.

AURELIO (a Lorenzo piano) (Sí, accompagnateli al teatro... io vado... tratteneteli quanto potete... corro al castello...) Signori, ci rivedremo (per partire).

DORALISA Caro conte, caro conte, non lasciatemi... chi mi servirà di braccio?

ZUCCOLINO Illustrissimo, poiché avete buone novelle, consolateci...

AURELIO Sí, sí, buonissime. Or ora, un affare importante... andate col dottore, divertitevi, verrò presto a raggiungervi (parte velocemente, Berto gli tien dietro).

DORALISA Ed io andrò senza il conte?

ZUCCOLINO V'offro il braccio maritale.

DORALISA Oibò, al peggio, al peggio... signor Lorenzo, favorite...

LORENZO Grazie della preferenza.

DORALISA Sapremo poi questa novità?

LORENZO Non dubitate che la saprete (entrano tutti nel teatro).

ATTO QUARTO

Altra camera.

Scena prima

Il conte Aurelio, Berto e Lena.

AURELIO Oh questa è singolare! non potrò aver l'onore di parlare a mia moglie? (a Berto).

LENA Era anch'io curiosa di vederla: ma la signora cameriera non ha voluto che entrassi.

AURELIO (a Berto) Le hai significato ch'io aveva qualche cosa a dirle?

BERTO Illustrissimo sí.

AURELIO Ed essa?

BERTO Mi domandò se Vostra Signoria stava bene di salute.

AURELIO E poi?

BERTO Soggiunse che questo era l'essenziale, e al resto ci sarebbe tempo.

AURELIO (Poverina, è in collera, vorrà far la sostenuta: mi conviene inventare qualche istoriella per placarla) (da sé).

LENA Signor conte, il desinare è presto, se Vostra Signoria comanda.

AURELIO Quando sarà tornata madama... anzi quando mia moglie... cioè quando si potrà... che so io con questo contrattempo, quando potrem desinare?

LENA Desineranno tutti insieme?

AURELIO Almeno cosí spero. Vanne, vanne, ti farò avvertire.

LENA In cucina or ci bada la Ghitta; ed io, se Vostra Signoria mi permette, vado a mettermi in gala per presentarmi alla signora contessa (parte).

Scena seconda

Il conte Aurelio e Berto.

AURELIO Berto, questa è nuova, bellissima, veramente nuova.

BERTO Nuova per noi, e nuovissima per la signora padrona.

AURELIO Chi mai poteva immaginare che una donna timida, rispettosa, si sarebbe deliberata, tutto in un tratto, di voler disturbare un mio innocentissimo passatempo di villa?

BERTO Mi perdoni: io credo anzi che la signora contessa sperasse di non trovar qui Vostra Signoria.

AURELIO Sei pazzo? il soverchio amore, la gelosia l'ha indotta... no, eh? tu ridi? di' quel che tu sai: spiegati, presto.

BERTO Per carità, s'io fossi poi cacciato...

AURELIO Non sono io il tuo padrone?

BERTO Illustrissimo sí.

AURELIO Dunque parla.

BERTO Le dirò adunque, che la signora contessa non è già venuta sola con Lauretta.

AURELIO Non è venuta sola! e con chi mai...? (comincia a turbarsi e va crescendo a poco a poco).

BERTO Per l'amor del cielo...

AURELIO Parla: chi era con lei?

BERTO Un giovane cavaliere.

AURELIO Un giovane cavaliere! l'hai veduto?

BERTO L'ho veduto prima in carrozza... poi di sopra nelle stanze, e n'è uscito poco fa.

AURELIO E non mi hai detto nulla?

BERTO La prudenza d'un servitore...

AURELIO E chi è costui?

BERTO Non l'ho mai veduto in casa: Lauretta non ha voluto dirmi il nome; per altro mi ha confidato...

AURELIO Vieni qui, parla sommesso, la cosa è seria: ti ha confidato...

BERTO Che sono partiti questa notte, appena terminata la commedia.

AURELIO Che vuol dire alla mezzanotte: vi sono appunto dodici miglia; e sono arrivati?

BERTO A mezzogiorno...

AURELIO Dodici ore.

BERTO Per far dodici miglia! un miglio all'ora...

AURELIO Egli è un camminar presto davvero.

BERTO Insomma credevano venire a divertirsi sulla fiera tutt'oggi e domani; ed hanno trovato il posto occupato.

AURELIO (ricomponendosi) Bene, bene, la contessa ha giudizio e prudenza... sarà un qualche nostro parente... sentirò da lei... (non vorrei lasciar travedere la mia debolezza) (da sé).

BERTO Uscito il cavaliere, io mi sono appressato all'uscio... e padrona e cameriera stavano in segreto colloquio...

AURELIO Non hai inteso nulla?

BERTO Nulla, fuoriché Lauretta disse: «Abbiamo imparato da lui».

AURELIO Da me?

BERTO Io non so poi...

Scena terza

Dottor Lorenzo e detti.

LORENZO Signor conte...

AURELIO Come! siete già tornati?

LORENZO Che vuole? La Rosina nel vedere gli spettri della fantasmagoria si mise a gridare, a piangere cosí forte; né vi fu mezzo o preghiera che potesse acquietarla, e il pubblico cominciò ad esclamare: «Via, fuori i ragazzi», e ce ne siam venuti per lo migliore.

AURELIO E madama Doralisa, e suo marito?

LORENZO Sono qui sotto nella sala terrena malcontenti perché non giunge ancora il delegato; madama chiede con impazienza di Vostra Signoria... Ma... e la signora contessa...?

AURELIO Non ho ancor potuto vederla.

LORENZO Fa la ritrosa, la sdegnosetta, eh? (a mezza voce).

AURELIO (sommessamente) Se sapeste... se sapeste il tutto... Vanne tu (a Berto), di' a madama e a suo marito che si compiaccian di aspettarmi... ovvero conducili sotto al pergolato o nel laberinto: insomma dirai che interessi di rilievo mi tengono occupato.

BERTO E che non vengano di sopra?

AURELIO E non sappiano l'arrivo...

BERTO Ho capito: sarà ubbidita. (Come diamine finirà questa istoria?) (da sé, e parte).

Scena quarta

Il conte Aurelio e il dottor Lorenzo.

LORENZO Mi parete turbato. Che c'è di nuovo?

AURELIO Amico, vi dirò cose che non aspettate.

LORENZO Le novità mi piacciono tanto.

AURELIO Ma questa a me niente affatto.

LORENZO Via dunque?

AURELIO La signora contessa Emilia, quella sposa fedele, fedelissima, appassionata di me...

LORENZO Or bene?

AURELIO Or bene, è venuta a Valdimora per divertirsi, goder la fiera... e... e in compagnia di un signorino.

LORENZO (ridendo) Oh bella! (Ora comprendo... brava la contessa, brava le mille volte) (da sé).

AURELIO Di che ridete tra voi?

LORENZO Rido che la signora contessa ha trovato finalmente il modo di piacere a Vostra Signoria.

AURELIO Come sarebbe a dire?

LORENZO Non vi ricorda che stamane vi andavate meco lagnando di quella uniformità d'affetto, di quelle continue tenere dimostrazioni...? e poi... è venuta per veder la fiera... ci siete anche voi, sono bagattelle...

AURELIO Bagattelle? Una giovane dama partire di notte, in compagnia d'un uomo, impiegar dodici ore per far dodici miglia!

LORENZO È impossibile, non lo credo.

AURELIO L'ha detto la cameriera a Berto.

LORENZO Dunque si sarà guasto qualche arnese della carrozza.

AURELIO Voi burlate.

LORENZO No, vorrei che le stesse ragioni, con cui pensavate di poter giustificar voi stesso...

AURELIO Che giustificazione? Io non ho nulla a rimproverarmi verso mia moglie: domanderò bene a lei stretto conto.

LORENZO Farete benissimo. (Comincia ad inquietarsi il marito imperterrito) (da sé).

AURELIO Sí, voglio sapere... eccola... vedete quanta eleganza!

LORENZO Per piacere al marito.

AURELIO Eh che le belle attillature non sono per noi... Oh se potessi rimproverarla...

LORENZO Io me ne vado.

AURELIO Fermatevi... eppure mi conviene usar prudenza.

LORENZO Mi par di sí. (Questo è proprio un divertimento: brava la contessa, brava) (da sé).

AURELIO Vedrò, risolverò... secondo...

LORENZO Sí, secondo le convenienze. Sentiamo intanto i preliminari.

Scena quinta

La contessa Emilia abbigliata elegantemente da villa, e con un tal pochino di civetteria.

I suddetti.

EMILIA Buon giorno, caro marito. Signor Lorenzo...

LORENZO Mia padrona, bene arrivata.

EMILIA Scusatemi se v'ho fatto aspettare: ero, a dire il vero, un po' stanchetta.

AURELIO Siete venuta co' nostri cavalli?

EMILIA Sí, e a precipizio: e' faceva un freschetto delizioso questa notte.

AURELIO Ne godo... a che ora siete partita di città?

EMILIA Per verità non mi sovviene. Dopo il teatro mi sono trattenuta a discorrere... Or bene Lorenzo, e' sono parecchi mesi che non v'ho piú veduto: avete sempre goduto buona salute?

AURELIO (Non mi risponde?) (da sé).

LORENZO Perfettissima. Vostra Signoria anche, mi pare?

EMILIA Non mi sono mai sentita cosí bene... Ma voi, marito mio, non aspettavate questa mia visita?

AURELIO No, a dire il vero.

EMILIA Nemmen io speravo di trovarvi qui.

AURELIO Lo credo.

EMILIA Non ne sarete scontento?

AURELIO Anzi ne gioisco.

EMILIA Ed io parimente.

AURELIO Di tutt'animo.

EMILIA Di tutto cuore.

LORENZO (Oh cari!) (da sé).

AURELIO Ma perdonate se io... perché...

EMILIA Tutto il mondo parlava ieri di questa nuova fiera che dee durare tre giorni. Sentii che molte signore dovean venirci... il credereste? in un momento m'entrò questo capriccio... innocente...

AURELIO E siete partita... a che ora?

EMLIA Oh come avete addobbate le camere e sopra e sotto! e sí, mi diceste, se non erro, che tutto ci era in mal ordine.

AURELIO Mi sono ingegnato in questi pochi giorni...

EMILIA Vi siete ingegnato bene, bene assai: non avete perduto il vostro tempo.

AURELIO E voi dopo la mia partenza...?

EMILIA Quanto mi piace la situazione di questo castello... Se io venissi a passare qui due mesi, ditemi, dottore, gioverebbe a' miei nervi?

LORENZO Infallantemente. Oh, signora, io debbo ritirarmi un momento.

EMILIA Desinerete con noi?

LORENZO Il signor conte mi ha gentilmente...

EMILIA A proposito, ho veduto la tavola preparata per molte persone.

AURELIO Vi dirò, perdonate; egli è necessario appunto ch'io vi faccia sapere...

EMILIA Tanto meglio, tanto meglio: saremo in molti, la buona compagnia accresce l'appetito.

AURELIO (Sentite qual nuovo linguaggio...? finalmente sono marito e padrone) (piano a Lorenzo).

LORENZO (Bravo, parlate con forza) (piano ad Aurelio).

AURELIO Orsú, contessa, vi prego di ascoltarmi. Questi è un amico di casa...

EMILIA Sí, ma favelliamo senza serietà: voi siete sempre allegro, gioviale...

AURELIO La vostra improvvisa venuta è molto significante, e mi dà il dritto di chiedervi...,,

Scena sesta

I suddetti. Un fattorino che reca entro un panierino il taglio d'abito e il cappellino

comprati dal conte.

FATTORINO (interrompendo) Signor conte, la mia principale madama Setassé le manda il taglio d'abito e il cappellino che Vostra Signoria ha comperati sulla fiera.

LORENZO (A proposito) (da sé).

AURELIO Ah sí bene... Signor Lorenzo? Ehi? (al fattorino) deponete qui... no, riponete là... perché... perdonate, moglie mia... (Non so piú uscirne) (da sé).

FATTORINO Ecco, signora... (presenta alla contessa il paniere).

EMILIA Quanto siete gentile, e doppiamente gentile! appena arrivo, e mi presentate un dono di fiera (piglia ad esaminare la stoffa, quindi il cappellino, facendo deporre il paniere sovra un tavolino) Bello, bel tessuto... vago colore... come mi si adatta bene!

AURELIO (Signor Lorenzo?) (parlano tra loro).

LORENZO (Signor conte?) (come sopra).

AURELIO (Vi prego, andate subito dalla mercantessa e provvedete altro simile taglio, ed un altro cappellino) (come sopra).

LORENZO (Vi servirò, non v'inquietate) (come sopra).

AURELIO (Farete portare nelle vostre camere) (come sopra).

LORENZO (da sé) (Le mie camere fanno di belli uffizi quest'oggi!)

EMILIA E questo cappellino? di ultimo gusto. Non avrei mai creduto che sulla fiera di Valdimora... (si leva il suo cappellino, e lo dà al marito; si accosta ad uno specchio e si adatta l'altro mentre discorre) Sulla... fiera... di Valdimora... dimora... Ehi, giovinetto? la vostra principale ha di begli assortimenti: ma vedete, dottor Lorenzo, se non mi sta bene!

LORENZO Benissimo.

AURELIO (Correte, o arriva madama) (piano).

LORENZO (Andrò col fattorino) (piano).

FATTORINO Non le occorre altro? (alla contessa).

EMILIA Per me, no... domandate al signor conte.

AURELIO Godo che voi siate soddisfatta.

EMILIA E come non sarei? scegliete cosí bene, marito mio, scegliete cosí bene! (riguardandosi nello specchio).

AURELIO (E non poter dir nulla!) (da sé).

FATTORINO Ella sia pure contenta. Di quei cappellini ne avevam noi soli sulla fiera, e sono tutti venduti.

AURELIO (Ahi!) (piano).

LORENZO (Va bene) (piano).

FATTORINO E di quella stoffa, appena venduto questo taglio, vennero due signore di Casale, e portaron via la pezza; e non se ne trova un palmo in tutta la fiera.

AURELIO (Maledetta fortuna!) (da sé).

LORENZO (Pare inutile ch'io vada) (piano ad Aurelio).

FATTORINO Ora che l'ho servito cosí bene, signor conte, mi dia la buona grazia.

AURELIO Vattene, ciarlone.

EMILIA Prendi, prendi, figliolino: non ti puoi immaginare quanto piacere mi hai recato con questo prezioso, inaspettato ricordo... coniugale (dà una moneta al ragazzo).

FATTORINO Grazie, grazie (parte).

Scena settima

Il conte Aurelio, la contessa Emilia, dottor Lorenzo.

EMILIA Marito mio, avevate, mi pare, qualche cosa a dirmi? dottor Lorenzo, ve ne andate? ci rivedremo presto, eh? (a Lorenzo che accenna di partire). -

LORENZO Fra pochi momenti.

AURELIO (piano a Lorenzo) (Ingegnatevi altrove).

LORENZO (piano al conte) (Siamo intesi). (È una scolara che non ha d'uopo di troppe lezioni) (da sé, e parte).

Scena ottava

Il conte Aurelio e la contessa Emilia. Aurelio sopra pensiero passeggia irregolarmente.

EMILIA (finge d'occuparsi di sé per un momento, poi dice) Che avete, mio sposo, mi sembrate di mal umore?

AURELIO Mia moglie... perdonate...

EMILIA Questa mattina non fate altro che domandarmi perdono. Convien dire me ne abbiate fatto delle brutte.

AURELIO Dirò: io doveva realmente andare a Novara per miei interessi...

EMILIA Or bene avete cangiato pensiero: cangiano i savi... ed anche i matti... e invece siete venuto a goder della fiera, nel vostro castello... sette giorni prima, è verissimo.,.

AURELIO Sei.

EMILIA Sí, oggi è il settimo: ma questo non monta, sei, otto, dieci, quando si sta allegramente: e un po' di divertimento per rompere la monotonia di casa è lecito, giusto ed onesto; e poi avete avuto qualche altro affare... insomma avete fatto bene, ed io sono contenta.

AURELIO (Ella dissimula per tema d'essere rimproverata ella stessa) (da sé).

EMILIA Se non avete altro, non voglio che amareggiamo questi momenti... vo di là perché aspetto alcuno (finge di voler partire).

AURELIO Voi sapete che in Montenero ho due possessioni che mi occorre visitare di quando in quando...

EMILIA Fate benissimo: l'occhio del padrone ne val cento (come sopra).

AURELIO Ho dovuto far conoscenza con quel notaro...

EMILIA Ma queste sono freddure, marito mio.

AURELIO Perché sappiate che, per avere in questi giorni di fiera un poco di compagnia, ho invitato...

EMILIA Il notaro di Montenero?

AURELIO E sua moglie e la ragazza.

EMILIA Adesso conosco perché ho veduto la tavola apparecchiata per molti. Avete fatto bene, benone: rideremo, avremo gente, che deliziosa giornata!

AURELIO Aspetto anche il delegato.

EMILIA Ottimamente: ma vedrò pur volentieri questa... come si chiama?

AURELIO Madama Doralisa.

EMILIA Bel nome: e suo marito?

AURELIO Il signor Zuccolino.

EMILIA Vedremo dunque madama Zuccolina. Mi piacciono tanto queste signore di villa... si vestono con tanto garbo, con tanta grazia... affastellano poi un monte di roba sui cappellini: fiori, nastri, blonde, fettucce, eh? dite la verità, rideremo... ma voi non ridete, mi pare, non ridete niente affatto.

AURELIO Egli è tempo ch'io sappia ora da voi... (gravemente).

EMILIA Ma dov'è madama Zuccolina? Vorrei fare un atto del mio dovere: non commettiamo inciviltà.

AURELIO E voi siete venuta sola? (come sopra).

EMILIA No, caro sposo (sempre con allegra indifferenza), io sono venuta in buonissima compagnia: è venuto meco il cavalier Floridoro.

AURELIO Come! colui che mi fu rivale e voleva la vostra mano?

EMILIA Poverino! ed io l'ho trattato in allora cosí male per causa vostra...!

AURELIO Ma questa compagnia, scusate, contessa...

EMILIA Come sarebbe a dire?

AURELIO Floridoro è un giovane onesto...

EMILIA Onesto, gentile, compito.

AURELIO Ma una dama d'onore dee pensare...

EMILIA Egli è vero, sí, è giusto ch'io ve lo presenti, non mancherò a questa convenienza.

AURELIO Dovevate prima...

EMILIA Perdonatemi, io temeva che foste occupato... Ehi? chi è di là? Oh eccolo appunto senza bisogno d'imbasciata.

Scena nona

Il cavalier Floridoro, la contessa Emilia, il conte Aurelio. Doralisa entro alle scene.

FLORIDORO Amico, la signora contessa mi procura, dopo tanto tempo, il bene di rivedervi (abbraccia il conte).

AURELIO Questa inaspettata visita mi fa... un gran piacere.

FLORIDORO Io non avrei osato veramente... ma la contessa è cosí gentile, e voi...

AURELIO Padrone, padronissimo; anzi vi assicuro...

EMILIA Non perdiamoci in complimenti. Mio marito conosce le ottime vostre doti, desidera rinnovare con voi l'antica amicizia; ed accertatevi che quanto piú spesso verrete a favorirci, tanto maggiormente egli vi sarà grato, e di cuore.

AURELIO (Che insolenza! non so piú contenermi) (da sé).

EMILIA Ma che facciam qui? Non v'è apparenza che arrivi il delegato: madama Zuccolina sarà forse avvezza a desinar di buon'ora?

DORALISA (di dentro) È inutile, voglio trovare il conte: in questa casa non si desina mai.

EMILIA Ve l'ho detto che madama ha appetito? poverina!

AURELIO Vi prego, mia moglie, d'un qualche riguardo... sono persone civili.

EMILIA So far gli onori di casa vostra, non avrete a lagnarvi di me. Sono persone invitate da voi, e basta perché mi siano care, carissime. (Cavaliere, abbiate pazienza ancora per poco: se il delegato non viene, andremo stasera da lui) (piano a Floridoro, e si porta ad incontrare Doralisa).

FLORIDORO (L'intendimento vostro è onesto, ma io non ci fo bella figura) (piano ad Emilia).

AURELIO (E si parlano all'orecchio!) (da sé).

Scena decima

Madama Doralisa, il signor Zuccolino, Rosina e detti.

DORALISA Ma voi, caro conte, ci avete lasciati in terreno; non sapevam piú che pensare.

AURELIO Vi dirò, madama...

EMILIA Signora, la colpa è tutta, tutta mia, e ve ne fo le mie umili scuse: vi restituisco la compagnia del conte; e se permettete ch'io possa goder della vostra... questo signore?

DORALISA È mio marito.

EMILIA La ragazza?

DORALISA Nostra figlia.

EMILIA Bravi, mi consolo: bella, bellina.

DORALISA La ringrazio, la riverisco: ma chi è Vostra Signoria?

AURELIO Ella è... voi non potete conoscerla...

EMILIA Io sono una vostra devotissima serva: sono la moglie del conte Aurelio.

DORALISA La signora contessa!

ZUCCOLINO La signora contessa!

ROSINA (Oimè che noia!) (da sé).

EMILIA Sono venuta per godere un poco di fiera; ed ho la dolce consolazione di trovar mio marito in buona salute, e di piú onorato da cosí amabili persone.

DORALISA Perdoni, illustrissima...

ZUCCOLINO L'illustrissimo signor conte...

EMILIA Tralasciate i superlativi, io mi contento del positivo.

DORALISA (Che veggo? il cappellino da me scelto!) (da sé).

EMILIA Osservate questo cappellino, che ve ne pare?

DORALISA Bello, grazioso...

EMILIA Indovinate: è un regalo di fiera fattomi or ora da mio marito.

AURELIO (Anche questa) (da sé).

DORALISA (L'ha donato a lei!) (piano a Zuccolino).

ZUCCOLINO (Eppure io aveva calcolato bene) (piano).

EMILIA E se volete vedere un bel taglio d'abito per accompagnarlo... (mostra il taglio d'abito a Doralisa).

DORALISA (da sé) (Di piú?) Bravo, signor conte, ha fatto bene.

EMILIA Mio marito è di finissimo gusto in tutto.

AURELIO (presto e piano a Doralisa) (Non è mia colpa: è stato un equivoco, perdonate).

EMILIA Madama, sarà questa l'ora a cui siete solita di desinare? Ehi, chi è di là?

DORALISA Non preme... non s'incomodi... quando voglia favorire... (Che farò io qui con costei? il diavolo ce l'ha mandata) (da sé).

EMILIA Io son tutta, tutta a' piaceri vostri. Comandate, ordinate, disponete.

AURELIO (Si sforza d'essere gentile, perché io le perdoni il suo cattivo procedere) (da sé).

Scena undicesima

Dottor Lorenzo, Berto e detti.

BERTO (sulla porta) Sono serviti.

ZUCCOLINO (Buona nuova, Rosina, buona nuova) (piano):

ROSINA (Non mi dimenticate poi a tavola) (piano).

AURELIO (Avete trovato?) (piano).

LORENZO (Nulla affatto) (piano).

AURELIO (Pazienza, spedirò in città) (piano).

EMILIA Conte, via, svegliatevi; servite di braccio madama.

AURELIO Eccomi pronto.

EMILIA Ragazzina, passate (Rosina parte).

DORALISA (partendo) (Caro conte, non siete di buon umore) (piano).

AURELIO (V'ingannate) (piano).

DORALISA (Sarem vicini a tavola?) (piano).

AURELIO (Senza fallo) (Aurelio e Doralisa partono).

EMILIA Cavaliere?

FLORIDORO (Ma, signora, come siete ingegnosa per ottenere l'intento!) (piano fra loro).

EMILIA (Se sapeste quanta forza mi costa... andiamo) (come sopra).

Scena dodicesima

Lena, la contessa Emilia, il cavalier Floridoro, dottor Lorenzo e il signor Zuccolino.

LENA (frettolosa) Oh illustrissima signora contessa, io sono la serva del signor medico; il pranzo di questa mattina è fatto in parte da me, la pregherò di compatire.

LORENZO Sciocca, vanne. (Non vorrei ora...) (da sé).

EMILIA Vi ringrazio, anche per parte mia.

LENA Se sapesse quanto io desiderava di farle riverenza e poterle baciare la mano!

EMILIA Brava, ho tanto piacere di conoscervi.

LENA Oh! (riconoscendola mentre sta per baciarle la mano).

ZUCCOLINO Che cosa è stato?

EMILIA Niente, niente. (Siate discreta per poche ore) (sommessamente).

LENA (Per poche ore? Mi proverò...) (piano).

EMILIA (E sarete contenta di me) (parte con Floridoro).

LENA Ah ah ah. Signor Zuccolino?

ZUCCOLINO Sentiremo se avete cucinato bene.

LENA Vada, che troverà un piatto cosí squisito per lei e per madama, che neppure io, con tutta la mia abilità, non avrei saputo apparecchiarlo (parte).

ZUCCOLINO Vedremo, gusteremo.

LORENZO Ne' vostri calcoli non entrava l'arrivo della signora contessa?

ZUCCOLINO Intanto un buon pranzo non si perde.

LORENZO E vi prometto un ottimo caffè per digerirlo (partono).

ATTO QUINTO

Sala come negli atti primo e secondo. Notte. Lumi.

Scena prima

Vengono dalle camere a destra il conte Aurelio e il dottor Lorenzo, questi beendo il caffè.

AURELIO Ma questo, vi replico, gli è un farsi gioco del marito.

LORENZO Non so che dirvi: permettete ch'io possa bere il mio caffè.

AURELIO Ad ogni momento parlare all'orecchio del cavaliere... e poi quelle urbanità esagerate a madama Doralisa...

LORENZO Io... (beendo) io non so che dirvi.

AURELIO Come! non sapete che dirmi? (irritandosi).

LORENZO Signor conte... un momento di calma (depone la tazza). Le avete, sí o no, dato voi primo l'esempio? L'amor proprio finalmente l'abbiam tutti.

AURELIO L'amor proprio d'una moglie onesta consiste nel serbare illibato il costume e illeso il decoro della famiglia e della propria condotta.

LORENZO Sentimenti sublimi! voi mi edificate; non siete piú quello di questa mattina. Per altro mi pare che la signora contessa sia sempre la stessa per voi ed operi questa volta per solo puntiglio.

AURELIO Se cominciano a venir meno le sue premure per me, credetemi, la compassione per un uomo che l'ha, per cosí dire, adorata, dee cangiar di natura, e ben presto.

LORENZO Certo che dell'avvenire non si può rispondere. (Non gli vo' togliere tutta la paura) (da sé). Ma intanto la prudenza...

AURELIO Intanto mia moglie è colpevole, almeno per le apparenze; e vo' provvedere all'onor mio.

LORENZO In qual modo, se vi piace?

AURELIO Col vietarle che si trattenga piú oltre col cavaliere.

LORENZO Ah, ah, siete geloso?

AURELIO Non sono geloso, ma colui non lo voglio.

LORENZO Ho capito (ridendo).

AURELIO Pensatela come vi aggrada.

LORENZO Era meglio che non vi foste mosso di sala.

AURELIO Volevo parlare con voi.

LORENZO Ora dunque potete ritornare in conversazione.

AURELIO Non vo' lasciarmi rivedere da Floridoro.

LORENZO Che diamine dunque volete?

AURELIO Far chiamar mia moglie e favellarle chiaro in vostra presenza.

LORENZO Riflettete prima...

AURELIO Ho deciso: chi è di là?

Scena seconda

Berto dagli appartamenti, e detti.

BERTO (al conte) La signora contessa le fa sapere che essendole sopraggiunta la solita emicrania, è scesa a prendere aria in giardino.

AURELIO In giardino! a quest'ora?... tutta sola?

BERTO Signornò: è con essa quel signor cavaliere.

AURELIO (Sentite?) (con fuoco e piano a Lorenzo).

LORENZO (Eh un po' di fresco... v'è un bel chiaro di luna) (piano).

BERTO E prega Vostra Signoria di non lasciar sola di là madama Doralisa, giacché il marito e la ragazza si sono addormentati (prende il cappellino e il taglio d'abito).

LORENZO (Vedete che moglie condiscendente!) (come sopra).

AURELIO Va' a dire alla contessa... e dove porti quella roba?

BERTO Debbo consegnarla alla cameriera, perché la riponga nella carrozza.

AURELIO E che? la contessa vuol partire?

BERTO Credo di sí: i cavalli sono attaccati, i fanali accesi...

AURELIO E per dove?

BERTO Non saprei.

AURELIO Non so chi mi tenga... Vanne, le dirai... (Andate voi, caro dottore, ditele che voglio parlarle) (piano).

LORENZO Dispensatemi da tale ambasciata.

AURELIO Dirai al cocchiere che non si muova senza mio ordine.

BERTO Ma se la padrona volesse...

AURELIO Se non mi obbedisce, lo caccerò sul momento. Parti.

BERTO Sarà servita. (E chi lo conosce piú?) (da sé e parte).

AURELIO E voi ricusate di secondarmi?

LORENZO Pensate che la signora Doralisa...

AURELIO Ora penso all'onor mio...

LORENZO Che c'entra qui l'onore? Le vostre sono paure chimeriche, come appunto certi mali dell'immaginazione: chi li teme, gl'ingrandisce, chi li disprezza, non li sente piú.

AURELIO Ho ben altro in capo che i vostri aforismi. Voi andate di là con madama, io scenderò in giardino (s'incammina).

LORENZO Non commettete imprudenze, vi renderete ridicolo.

Scena terza

Madama Doralisa con un involtino di roba, e detti.

DORALISA (trattenendo il conte) La signora contessa ha ragione dicendo che avete poca cura de' vostri ospiti. Mi lasciate sola... caro conte, caro conte, e perché?

LORENZO (Anche questa volta è venuta a tempo) (da sé).

AURELIO Perdonatemi... saprete che un padrone di casa... debbo disporre... questa sera...

DORALISA Quand'è cosí, non ve l'abbiate a male, non dico piú nulla.

AURELIO (Costei non mi piace piú niente affatto) (da sé).

DORALISA Anzi, se permettete, io vado ad acconciarmi un poco pel ballo.

AURELIO Servitevi: di qua... di là... dove volete.

DORALISA Rosina, togli un lume: per non incomodare la signora contessa, approfitteremo per pochi momenti delle camere del signor Lorenzo.

LORENZO Padrona, padronissima. (E sempre le mie camere) (da sé).

Aurelio parla piano a Lorenzo, e con gesti animati.

DORALISA Veggiamo un poco, se non hai dimenticato nulla (a Rosina e riguardando nell'involtino). Le scarpine?

ROSINA Eccole.

DORALISA Il bonnet, le calzette, il ventaglio?

ROSINA È qui tutto: siate sicura.

DORALISA Sventata, non ci veggo la collarina.

ROSINA Diamine, appena inamidata e stirata, l'ho riposta...

DORALISA Tacci, sciocca, ella è qui.

ROSINA Rassetterete anche me un pochino?

DORALISA Vanarella, apri quell'uscio, precedimi, io vengo subito.

ROSINA (Sempre tutto per lei, tutto per lei; ma verrà il tempo anche per me) (da sé, ed entra col lume e coll'involto nelle camere del dottor Lorenzo).

AURELIO Avete dunque inteso?

LORENZO Sí, piglierò il pretesto dell'emicrania.

AURELIO E intratterrete il cavaliere?

LORENZO Benissimo; ma non disgustate poi madamina...

AURELIO Spicciate, vi prego...

LORENZO Subito. (Saprò dalla contessa come debbo regolarmi) (da sé, e parte).

Scena quarta

Il conte Aurelio e madama Doralisa.

DORALISA Caro conte, voi siete inquieto fuor di misura.

AURELIO Non mi pare... no certo.

DORALISA Questo delegato non viene, non risponde...

AURELIO (astratto) Eh non importa... (Se ella non ubbidisce...) (da sé).

DORALISA Come? non importa! cosí rispondete a Doralisa?

AURELIO (da sé) (Che noia!) Il delegato è mio buon amico, volevo dire, la cosa è sicura... (irritandosi un poco).

DORALISA Non vi turbate adunque; e se avete per me...

AURELIO Madama, or ora verranno i suonatori e le persone invitate...

DORALISA Vi sono forse importuna?

AURELIO Anzi carissima, e piú che mai (Soli... cosí, senza riguardi..) (da sé). Signora, la Rosina vi aspetta.

DORALISA Non vi lascio, se non vi veggo piú rasserenato.

AURELIO Sapete pure, che mia moglie...

DORALISA Comprendo: l'arrivo inaspettato di lei...

AURELIO Appunto.

DORALISA Consolatevi per questo canto.

AURELIO In qual modo? (Il colloquio sarà disturbato a quest'ora) (da sé).

DORALISA Consolatevi: la signora contessa non sarà scontenta che voi abbiate qualche onesta premura per me.

AURELIO Mia moglie per altro mi ama... io amo lei...

DORALISA Via, voi siete uomo di mondo... tra lei e quel giovine cavaliere mi sono avveduta...

AURELIO Proseguite, spiegatevi.

DORALISA Ora non posso dirvi di piú, vado ad allestirmi...

AURELIO Io vorrei sapere ancora...

DORALISA Siate lieto e tranquillo: e promettetemi...

AURELIO Comandate.

DORALISA Che questa sera non ballerete con altre che con me (entra nelle camere del dottore).

Scena quinta

Il conte Aurelio solo.

AURELIO Anche Doralisa è persuasa di questa corrispondenza... Emilia dunque non mi ama piú... purtroppo, e ne provo un affanno terribile... Oh! come discerno le cose in modo diverso! Conosco ora che un passeggero capriccio non può scambiarsi con gli affetti dell'animo; e mille capricci non possono tener luogo d'un amor puro e sincero, qual era quel di mia moglie: ed io l'ho perduto, e per mia colpa, e forse per sempre. Eccola: quell'aria d'indifferenza mi è insopportabile.

Scena sesta

La contessa Emilia e detto.

La contessa avrà di nuovo il primo cappellino.

EMILIA E qual estro vi prende di volermi impedire un poco di passeggio?

AURELIO Mi avete fatto gratissima cosa di venir subito.

EMILIA Non ci sarei venuta di certo, s'io non avessi ricevuta testè una gentile ambasciata del delegato.

AURELIO Come! non ci sareste venuta?

EMILIA L'aria fresca mi faceva bene al capo; e poi so le convenienze: giudicando che foste in conversazione...

AURELIO Orsú, moglie mia, fine agli scherzi.

EMILIA Mi par che facciate davvero, e non ischerziate, caro conte, caro conte (imitando Doralisa).

AURELIO Eccovi poche parole, ma sincere.

EMILIA Parlate pure: e poi pregherò voi di sentir me.

AURELIO Desidero che il cavalier Floridoro non venga piú in casa nostra; e che di questa sera stessa gli facciate sapere...

EMILIA Oh vi sta bene il prendere il tuono d'un marito geloso, per darmi forse ad intendere che conservate tuttavia qualche scintilla dì affetto per me.

AURELIO Io ve lo dico del miglior senno...

EMILIA Inutile cura, mio buon amico, ci conosciamo e basta. Voi fate quel che vi pare e piace; e lasciate che gli altri... oh veniamo a quel che preme. Mi scrive il delegato essere giunte al Poggio alcune mie parenti per goderci la fiera tutta domani; e che intanto questa sera, cosí all'improvviso, vi sarà in sua casa una festa di ballo.

AURELIO Bene, si divertano.

EMILIA Se permettete, ne approfitterò anch'io.

AURELIO Non volete stare in castello?

EMILIA No, tranquillatevi, non ci starò, ed ho accettato l'invito.

AURELIO Se mai vi siete fitta in capo, ch'io sia invaghito di madama..

EMILIA Non ci è male, sapete... è giovane, non brutta, ha begli occhi. . e poi, caro conte, caro conte (imitando Doralisa), questo non mi riguarda.

AURELIO E che, Emilia, non mi amereste piú?

EMILIA Non mi amereste piú! che fanciullaggini in bocca d'un uomo di mondo, spregiudicato...! alle corte, godetevi la vostra festa in castello, e in compagnia de' vostri amici: e tollerate ch'io vada a passare una lieta sera co' miei parenti.

AURELIO E volete andar sola dal delegato?

EMILIA E vi pare conveniente che una donna si presenti sola ad una festa? ho pregato il cavaliere... per questa volta vi piaccia...

AURELIO Col cavaliere...?

EMILIA Vi assicuro ch'egli pure vi è aspettato con grande ansietà. Domattina poi me ne tornerò di buon'ora in città.

AURELIO No, voi non andrete dal delegato né sola né con altri (con forza).

EMILIA Non vi andrò, dite voi? (alzando anch'essa la voce).

AURELIO No, vi replico: son marito, e posso dire non voglio (come sopra).

EMILIA Che modo è cotesto vostro? signor conte, credereste voi di poter appagare a grado vostro ogni capriccio, e riserbare alla moglie lo starsene sola a piangere la debolezza di avervi un giorno prestato fede? I diritti dell'un di noi verso l'altro sono eguali e davanti al cielo e nella società: il legame è sacro per entrambi; l'infrangerlo è colpa per ciascun de' due. Una moglie non è la schiava, ma la compagna del marito; né con la forza si comandan gli affetti, ma sibbene con l'amore, con l'esempio e con la reciprocità. Io vi amava, teneramente vi amava... conosco i miei doveri; né l'altrui mal esempio sarebbe norma alla mia condotta: ma non crediate, ingannandomi, di poter conseguire ch'io sia testimonio muto e paziente di disordini che turban la pace, e traggon seco tristissime conseguenze, no: soffrirò, se cosí volete, le vostre sregolate fantasie; ma non cercate d'impedirmi ch'io tolga a voi l'importunità della mia presenza, a me l'onta e il disdoro di vedermi posposta o derisa nella mia stessa casa. Se poi avviserete di poter essere il mio tiranno, e di render miseri i piú bei giorni di mia vita, oh sappiate che ho padre, fratelli, congiunti che impugneranno a gara la mia difesa, la difesa di una sposa innocente... ma perdonatemi (ripigliando subitamente la prima ilarità) mi avete tratta al tragico senza volerlo e senza necessità: addio, conte, la carrozza mi aspetta, non ci facciamo ridicoli, ci rivedremo in città... quando verrete... a comodo vostro, e poi... poi parleremo (affrettandosi di voler uscire).

AURELIO Bene, sí, andate, non posso, non debbo rattenervi: io sono colpevole, ed avete ragione di vendicarvi (si getta sopra una seggiola rivolto verso un'altra parte).

EMILIA (fermandosi sulla posta) Dio! sarebbe vero? (da sé commovendosi a poco a poco). Signor conte?... marito... mio sposo... (si accosta) se vi fa dispiacere ch'io vada dal delegato...

AURELIO È giusto che vi andiate (come sopra).

EMILIA E per ubbidirvi in tutto tornerò in città, sola, con la cameriera...

AURELIO Sola... no.

EMILIA E con chi?

AURELIO Col tuo Aurelio, se pur l'ami ancora (si alza).

EMILIA Perché questa tua Emilia che ti costò tante lagrime prima di possederla, perché la tratti ora con sí crudele indifferenza? deh ti ricordi quel tempo che l'acquistar la mia mano era all'amor tuo preziosa, sospirata mercede; e paragonalo a questo in cui sono, ah sí, son troppo tua.

AURELIO Ah dimmi: il cavalier Floridoro...?

EMILIA Non gli ho mai corrisposto, lo sai.

AURELIO Ma egli...?

EMILIA Egli non mi ama piú...

AURELIO Non è possibile.

EMILIA Egli ama...

AURELIO Chi mai?

EMILIA Aspetta, Aurelio, aspetta. Sarai tu contento di poterti onoratamente disimpegnare da' tuoi ospiti?

AURELIO Io m'abbandono a te.

EMILIA Non sarà questo un sacrificio di cui abbi un giorno a rimproverarmi?

AURELIO No, mia sposa. Un momentaneo capriccio mi ha svagato; il confronto mi fa arrossire... ma il cuore fu sempre ed è tutto tuo.

EMILIA E posso crederlo? dimmelo, dimmelo ancor mille volte.

AURELIO Sí, tutto tuo.

EMILIA Ah quando il cuore è innocente, tutto perdona chi ama. Sappi adunque... ma no; non sappi niente ancora, fuoriché non son rea verso te neppur d'un pensiero. Vieni, Aurelio, vieni fra le braccia d'una sposa fedele... poi ti dirò tutto, ti chiederò perdono...

AURELIO Emilia, qual momento fu mai piú felice di questo! (si abbracciano).

Scena settima

Madama Doralisa col lume, Rosina, i suddetti.

DORALISA Eccoci allestite pel ballo... Oh signora contessa... (stando indietro).

EMILIA Perdonate, erano sette giorni che non ci eravamo veduti...

DORALISA Non vorrei... (come sopra).

EMILIA Venite pure avanti... sette giorni per due sposi che si amano teneramente... State bene abbigliate cosí, a meraviglia, non è vero, mio sposo? Ma il signor Zuccolino...

DORALISA Poco fa si era addormentato in sala... (Si amano dunque assai?) (da sé, e posa il lume).

Scena ottava

Dottor Lorenzo, Zuccolino e detti.

LORENZO Il signor Zuccolino non dorme, no, è qui tutto svegliato; e poi anche dormendo saprebbe fare i suoi calcoli.

ZUCCOLINO Ma, illustrissimo signor conte, l'illustrissimo signor delegato non cura il vostro invito; non comprendo...

EMILIA Appunto, marito mio, il delegato ha inclusa una lettera per voi, dicendomi che rispondeva ad una vostra raccomandazione (dà una lettera al conte).

ZUCCOLINO Siamo al buono (a Lorenzo).

LORENZO Che ve ne pare? (a Zuccolino).

ZUCCOLINO Se veniva egli stesso, doveva ricevere i miei ringraziamenti; cosí significa la nomina per iscritto.

LORENZO Se il calcolo è giusto...

ZUCCOLINO Non falla.

DORALISA Possiamo sapere...? (al conte).

AURELIO Eccovi la lettera. (Legge forte) «Mio amico. Apprezzo le vostre raccomandazioni come altrettante preziose occasioni di dimostrarvi la mia sincera amicizia...»

ZUCCOLINO Dal principio si deduce il resto.

AURELIO (come sopra) «E non avendo nulla a negarvi...»

ZUCCOLINO Moglie, cara moglie...

AURELIO «Vi do parola che il signor Agapito Zuccolino sarà nominato segretario del comune di Valdimora...»

ZUCCOLINO Quante grazie... signor Lorenzo, eh?

DORALISA Caro... signor conte...

ZUCCOLINO Basta, non s'incomodi di piú (al conte).

AURELIO Mi dispiace: v'è ancor qualche cosa.

DORALISA Sentiamo, vi prego... via.

AURELIO Ubbidisco. «Ma siccome è voce pubblica che tanto egli quanto sua moglie siano ridotti a mal partito per cattivo maneggio e per debiti...

ZUCCOLINO Che? che?

AURELIO «Cosí, perch'io possa render loro questo favorevole ufficio, è necessario prima di tutto, che il signor Zuccolino giustifichi almeno d'aver soddisfatto i suoi creditori; intanto...»

ZUCCOLINO Oimè!

DORALISA Sono imposture, invenzioni, calunnie: noi non abbiamo debiti, anzi...

ZUCCOLINO Sí, mia moglie, che ne abbiamo: le vostre mode, le vostre spese...

DORALISA La vostra infingardaggine, le vostre ghiottonerie...

EMILIA Non giova l'adirarvi, né il contendere: s'egli è vero che abbiate qualche difetto a correggere, fatelo, e potrete sperare bene col tempo (a Zuccolino e Doralisa).

ZUCCOLINO Deh illustrissimo signor conte, illustrissima signora contessa... io vi prometto...

EMILIA Non parliamo di malinconie. Questa sera, madama Doralisa, vi divertirete nel nostro castello; e mi rincresce che un impegno preventivo mi obblighi di passar la sera altrove.

DORALISA Davvero!

ZUCCOLINO Ci duole di questa privazione.

EMILIA La carrozza mi aspetta: mio marito supplirà le mie veci.

Scena nona

Berto e detti

BERTO Signor padrone, un'altra novità.

AURELIO Che hai?

BERTO I sonatori che avevamo accaparrati questa mattina, sono tutti partiti per la villa del Poggio, chiamati dal signor delegato.

DORALISA Che intendo?

AURELIO E non hai cercato di trattenerli?

BERTO Signorsí: ma hanno risposto che Vostra Signoria e la signora contessa dovevano anche trovarsi alla stessa conversazione.

EMILIA Infatti l'invito è per tutti due.

ROSINA Povera Rosina, che mi ero vestita cosí bene!

DORALISA Dunque noi che faremo? (a Zuccolino).

ZUCCOLINO Nol so nemmen io.

EMILIA S'io potessi dispensarmi...

ZUCCOLINO Per tornare a Montenero egli è un po' tardetto.

EMILIA (presto) Vi fo padroni della mia carrozza.

ZUCCOLINO Troppa bontà.

EMILIA Di tutto cuore.

ZUCCOLINO Sí, calcolando bene... andiamo, mia moglie, profittiamo dell'offerta...

DORALISA Vestita... cosí, da ballo... che dirà la villa.

EMILIA Potete raunar qualche amico e ballare a casa vostra.

ROSINA Sí, sí, a casa nostra! il papà ci mette subito a letto.

ZUCCOLINO Andiamo, via.

DORALISA Signora contessa, perdoni il disturbo... Mi raccomando, signor conte...

AURELIO I miei complimenti.

EMILIA Ricordatevi del mio consiglio, e poi parlerò io stessa al delegato.

ZUCCOLINO Illustrissima, quante grazie...

EMILIA Berto, di' al giardiniere che gli accompagni col fanale: nci ci serviremo del carrozzino (Berto parte).

DORALISA E voi fate il vostro dovere (a Rosina).

ROSINA Serva sua, felice notte.

DORALISA (da sé) (Pazienza, pazienza) (la una riverenza e parte con Rosina. Emilia le accompagna sino all'uscir della scena. Aurelio le seguita in qualche distanza).

LORENZO Signor Zuccolino?

ZUCCOLINO Che volete?

LORENZO (a mezza voce) Il decoro della famiglia... l'onore d'una moglie .. l'educazione d'una zitella...

ZUCCOLINO Che vorreste dire?

LORENZO Sono veri, infallibili calcoli d'un uomo di giudizio.

ZUCCOLINO Servitore umilissimo (parte).

Scena decima

I medesimi, eccetto Doralisa, Zuccolino e Rosina.

EMILIA Aurelio, il cappellino e il taglio d'abito sono nella carrozza, ed è giusto che gli abbia colei a cui erano destinati.

AURELIO Emilia, che posso dirvi?

EMILIA Mori rie parliamo piú.

Scena undicesima

Lena e detti.

LENA Signora, signora, ho taciuto per obbedirla. Ma poiché se n'è andata la madamina, mi dia la facoltà di parlare.

EMILIA Sei sciolta dal segreto.

LENA Respiro: non ne potevo piú.

AURELIO Quali misteri, quali cose?

EMILIA Eccoti il mistero: io sono quella contadina che nascosta nelle camere del dottore...

AURELIO Tu quella! e voi...

LORENZO Vedete che il mio contrabbando era perdonabile.

AURELIO Ed eri partita di città...?

EMILIA Sola, questa notte con la cameriera.

AURELIO E venuta?

EMILIA A Rialto, appena giorno, per cangiar di veste e condurmi qua sconosciuta.

AURELIO E il cavalier Floridoro?

EMILIA Lo vidi sulla fiera: il feci chiamare...

LORENZO Ed io ho spedito il messaggio.

AURELIO Certezza consolante!

EMILIA Egli è qui e vi dirà il resto.

Scena dodicesima

Il cavalier Floridoro e detti.

EMILIA (prosiegue) Perdonatemi, virtuoso Floridoro, se per mia cagione vi è ritardata la consolazione di rivedere la vostra sposa.

AURELIO La sua sposa!

FLORIDORO Signora, è stata breve e felice la prova e sono contento d'avervi cooperato.

AURELIO E voi prendete moglie?

FLORIDORO Sí, amico, donna Ernestina sorella del delegato.

EMILIA E per questa ragione egli sarebbe venuto nella mia carrozza.

AURELIO Veniteci, mio caro amico, abbracciatemi, godo della vostra scelta.

EMILIA E se l'indovina v'ha detto cose che vi siano dispiaciute...

AURELIO Ora comprendo...

EMILIA Sono io quel pianeta che aveva quest'oggi un generale influsso.

AURELIO Oh avvedimento ingegnoso!

EMILIA Forse troppo ardito, ma giustificato dall'amore e dalla rettitudine dell'intendimento.

AURELIO Dottor Lorenzo, ringrazio anche voi...

LORENZO Avete una moglie impareggiabile. Quanti mariti ve la invidieranno!

AURELIO È un tesoro che mi sarà prezioso tutta la vita.

EMILIA (al conte) Ma avverti bene, che non sempre la lezione d'un marito potrebbe produrre così salutevole effetto.